明日のひこうき雲

八束澄子

明日のひこうき雲

もくじ

装画　げみ
装丁　krran（坂川朱音・西垂水敦）

1

おにぎりパーティー

「連立方程式《ほうていしき》、これだけはしっかり解《と》けるようにしとけよ。試験に出るぞ」

数学の原田《はらだ》が黒板に書かれた式を赤のチョークでぐるぐるとかこんだ。ポロシャツのえりなんか立てて、超《ちょう》きもい。昨日ニュースでいっていた。隣町《となりまち》の地方振興局《しんこうきょく》の裏庭《うらにわ》で熱帯産のセアカゴケグモが見つかったって。やつは猛毒《もうどく》だ。刺《さ》されたら、致死率《ちしりつ》何パーセントだろう。そいつが原田のあの立てたえりからポトリと入って……。ああ、考えただけでぞくぞくする。あたしはひとりでブラックな想像《そうぞう》にひたった。

原田はうざい。このあいだ、「おまえ、お母さんに制服洗濯《せいふくせんたく》してもらえよ。きたないぞ」っていわれた。しかも、みんなの前で。してもらえるものなら、とっくにしてもらってる。教《きょう》師《し》ってホント、無神経《むしんけい》で鈍感《どんかん》。あれ以来あたしは制服のよごれが気になってしかたない。

キーンコーン、カーンコーン。

授業終了《じゅぎょうしゅうりょう》のチャイムが鳴ると、教室は一気に息を吹《ふ》きかえす。

「遊《ゆう》、トイレついてきて。もれる。早く」

金子満里《かねこまり》が駆《か》け寄《よ》ってきた。

「またあ？　一時間目の休み時間に行ったじゃん」

文句《もんく》をいいながらも、あたしはすぐに腰《こし》を浮《う》かせる。満里はあたしの空気清浄機《せいじょうき》だ。ついさっきまで暗黒だった心にさわさわと風が吹きこむ。

満里はあたしの手を取ると、トイレに向かってダッシュした。酸欠《さんけつ》の教室から逃《に》げ出《だ》した生徒でごったがえす廊下《ろうか》を、ジグザグに駆けていく。

「こらー、走るんじゃない」

通りすぎた教室から先生のどなり声がした。あたしたちはとたんに競歩歩きに切りかえる。開け放たれた窓《まど》から吹きこむ風は、もう秋のそれだ。満里の手はあったかくてすべすべだ。こわばっていた肩《かた》から力がぬけていく。

「くけけけ」

思わずあたしの口から笑いがもれた。

「遊、なにその笑い方、くけけって。気持ちわるーい。カエルみたい」

真似《まね》をしてよけいにおかしくなったのか、満里は、

「もれる、もれる」

といいながら、体をふたつに折って笑い転げた。

「くけけ、くけけ」

あたしはわざとしつこく満里《まり》の耳もとでくりかえしてやった。くりかえしながら、いつからこんな笑い方するようになったんだろうって考えていた。本心をかくしたいとき、ごまかしたいとき、つい便利に使ってるうちに、くせになった。

「あたしが先！」

トイレの入り口で満里を押《お》しのけ、一足だけ残っていたゴムぞうりの片方《かたほう》に足を突《つ》っこんだ。

「こら、待て。あたしが先だよ。もれちゃうじゃん」

負けじと満里も足をのばして、もう片方を死守しようとする。トイレの入り口できゃーきゃーさわぎながら、ゴムぞうり争奪戦《そうだつせん》をくり広げていると、満里の眼鏡《めがね》がずり落ちた。その顔がおかしくて、また笑い転げた。そのときガチャと音がして、閉《し》まっていたトイレのドアが開いた。

「バッカみたい」

吐《は》き捨《す》てるようにいってナイフ目でにらむのは、隣《となり》のクラスの五十嵐《いがらし》あさみ。

今春転校してきた彼女《かのじょ》は、前の学校で暴力事件《ぼうりょくじけん》を起こしたとか、なにかとうわさの転校生だ。

真《ま》っ赤《か》なタオルハンカチを口にくわえて手を洗《あら》う横顔にすごみがある。とたんに黙《だま》りこんだ満里とあたしは、そそくさと用を足しにトイレに向かった。五十嵐あさみがぬいだばかりのゴムぞうりは、まだ生あたたかかった。

「五十嵐さんて、ちょっとこわいね」

廊下《ろうか》をもどりながら、腕《うで》を組んできた満里が耳もとでささやいた。

「うん。でもさ、フツウの転校生みたいにおどおどしてないところが、カッコよくね？」

「そうかなぁ」

満里はちょっと不満そうに口をとがらせた。

そのとき、あたしの鼻先をカレーの匂《にお》いがよぎった。

「ラッキー。今日の給食、カレーだ」

「ええー、またぁ」

給食はあたしの大切な栄養源《えいようげん》だ。母親が調子を崩《くず》すと、一日一食の日だってある。

「肉、たのみまっす」

甘《あま》ったれた表情《ひょうじょう》の満里が手を合わせる。好ききらいが極端《きょくたん》に多い満里は、肉の脂身《あぶらみ》が食べられない。カレーの海の中から肉だけ器用によりわけては、あたしの皿に放りこむ。あたしはそれをバクバクたいらげる。満里《まり》とあたしの間には、緊密《きんみつ》な共生関係が成立している。満里はきらいな肉を食べなくてすみ、あたしの胃袋《いぶくろ》は喜ぶ。どっちも得する理想的なパターンだ。

「あー、食った、食った」

大満足のあたしがカレーの余韻《よいん》にひたっていると、満里があたしの胸《むね》のあたりを指差した。

「遊《ゆう》ったら、保育《ほいく》園児かっつうの。また制服《せいふく》にカレーつけて」

「えー?」

あわてて見下ろすと、紺色《こんいろ》の制服の真ん前にみごとなカレーのしみ。

「あー、なんでよ。気をつけてたのに……」

ボタンの上に乗っかってるたまねぎのかけらを指ではじきとばしながら、あたしはがっくりきた。ときどきこんなささいなことが原因《げんいん》で、あたしはものすごく落ちこむ。すっかり肩《かた》を落としたあたしに満里がいった。

「ハンカチぬらしてきて、ふきなよ。今ならまだ取れるよ」

「ハンカチ持ってない」

「じゃあ、ティッシュでもいいじゃん」

「ティッシュも持ってない」

いつもとは逆《ぎゃく》パターンだ。あたしはすがるように満里を見上げた。

「もう、サイテー！　ほら、早く行ってきな」

「サンキュ」

満里にもらったティッシュをつかんで、手洗《てあら》い場《ば》までダッシュした。

「あー、よかった」

発見が早かったから助かった。制服の胸はびちょびちょにぬれたけれど、どうやらしみにはならずにすみそうだ。ため息とともに思った。満里がいないと、あたしって生きていけないんじゃないだろうか。

「溝口《みぞぐち》さん、ちょっと」

職員室《しょくいんしつ》の前で、担任《たんにん》の澤《さわ》先生に呼《よ》び止められた。悪い予感がした。

「はい」

すごすごと机《つくえ》の前に立つと、やっぱりだ。

「これ、お母さんに渡《わた》してほしいの」

気まずそうに澤《さわ》先生は、安っぽい茶封筒《ちゃぶうとう》を差し出した。見ないでも中身はわかっている。あまりにしょんぼりしてしまったあたしに、澤先生はうろたえた。

「ごめんね」

いきなり謝《あやま》られた。なんで澤先生が謝るんだ。そんなことされると、よけいに傷《きず》つく。あたしは、せり上がってきたなにかを、のどに力を入れて飲みこんだ。

「溝口《みぞぐち》さんのこの間の詩、すごくよかったわよ。先生、感動した」

澤先生は気が弱い。気まずくなった空気を変えたいのか、それでなくても大きな目を、なお大きくしていった。いいよ、先生。そんなに気をつかわなくて。

「もう、行っていいですか」

あたしはスカートをひるがえして、逃《に》げるように職員室《しょくいんしつ》をあとにした。

あたしは学校が好きだ。勉強もきらいじゃない。澤先生が担当《たんとう》する国語は、とくに。静まりかえった教室で、指名された生徒が朗読《ろうどく》する詩なんかを聞いていると、胸《むね》がキュンとなって泣きそうになる。言葉ってすごい。力のある言葉は、心に食いこんでくる。

そんなとき教室の窓《まど》から空を見上げると、スカイブルーのキャンバスにまるで純白《じゅんぱく》の線を引いたように、軽やかなひこうき雲が横切っていたりする。そうすると、あたしの心は一瞬《いっしゅん》にして、空へととび立つのだ。そして、

――この世界のどこかにはきっと、あたしのもとめる広びろとして美しい場所がある。それを空の上から探《さが》すんだ。

そう自分にいい聞かせる。


帰り道。

ずっと黙《だま》りこんで自転車を押《お》すあたしに、満里《まり》がいった。

「遊《ゆう》、靴《くつ》の石、取りなよ」

「え？」

「歩きにくそうじゃん」

いわれてみれば、右の靴のつま先に小石が入ってて、さっきからずっと痛《いた》かった。

頭の中が澤《さわ》先生から渡《わた》された封筒《ふうとう》に占領《せんりょう》されていて、おかしな歩き方をしているのにさえ気づかなかった。

「いいよ。面倒《めんどう》くさい」

あたしは投げやりに答えた。なにもかも面倒くさかった。

「だめだよ、ちゃんと取らなきゃ。遊《ゆう》が歩きにくそうにしてたら、あたしまで気持ち悪い」

めずらしく満里《まり》は強硬《きょうこう》にいいはった。ちょっとびっくりした。人の靴《くつ》の石がこんなに気になる子もいるんだね。

「わかった」

あたしがしゃがむと、すっと体を寄《よ》せて、ささえになってくれた。ふれ合う肌《はだ》を通して、満里の体温があたたかくしみてきた。


ドアを開けると、玄関《げんかん》に母親の靴はあるのに家中のカーテンは引かれていた。

——まただ。

心も足もゾウのように重くなる。

「ただいま」

……無音。こういうときは刺激《しげき》しないに限《かぎ》る。だって、いつ地雷《じらい》をふむかわからない。あたしは時計を見上げた。

五時四十五分。

学童保育《がくどうほいく》にダイをおむかえに行く時間がせまっている。ぴしゃりと閉《と》じられた寝室《しんしつ》の気配を探《さぐ》る。なんの物音もしない。あたしは細くふすまを開けて、中の様子をうかがった。ふとんがこんもり盛《も》り上《あ》がっている。

「……お母さん？」

小さく声をかけても返事がない。

――しょうがないなあ。

しぶしぶ、あたしはキーボックスからママチャリのキーをつかんで、入ったばかりの玄関を出た。

十月に入って少し日が短くなったとはいえ、まだ日差しの強い坂道をブレーキもかけず走《はし》り降《お》りる。汗《あせ》ばんだおでこの髪《かみ》の毛《け》をなびかせて、風が耳のすぐそばでうねりを上げた。ウゴーゴゴー、ウゴーゴゴー。体にまとわりつく重苦しい家の空気を吹《ふ》きとばすように、あたしは強くペダルをふみこんだ。油の切れたママチャリはキーキーと派手《はで》な悲鳴を上げた。

ダウンするまでの母親は、じっとしているのがきらいな、典型的な体育会系《たいいくかいけい》女子だった。高校時代はバスケットの選手だったといっていた。つとめていたスーパーで、そのはたらきぶりが社長の目に留《と》まって、正社員に昇格《しょうかく》したのは一年前だ。

「ママ、ばりばりはたらくからね。そしたら家のローンなんて、あっという間にかえせるわよ。応援《おうえん》よろしくー」

昇進祝《しょうしんいわ》いにみんなでいった焼肉屋で浮《う》かべた満面の笑みを、あたしは今でも覚えている。生き生きとはたらく母親は、娘《むすめ》のあたしから見てもかがやいていた。

ところが、正社員になったとたん、少しずつ生活の歯車がくるいはじめた。帰りが遅《おそ》くなり、食卓《しょくたく》にはスーパーの売れ残りの惣菜《そうざい》が並《なら》ぶようになった。水分を吸《す》って膨張《ぼうちょう》したスーパーのコロッケを見ると、あたしは今でも胃がしくしくする。時間に追われていらいらするのか、親子げんかもふえた。もともと母親とあたしは水と油。なにかと溶《と》け合《あ》わない親子だった。潔癖症《けっぺきしょう》の母親に対して、超合理主義者《ちょうごうりしゅぎしゃ》のあたしは、「ぬいだ服はすぐ片《かた》づけなさい」とどなる母親に、

「どうせ明日また着るのに、ムダじゃん」って、何度どなりかえしたことだろう。だけど、それさえ今はなつかしい。だって反抗《はんこう》できるのは安心している証拠《しょうこ》だもの。

道の両側には、稲刈《いねか》りを待つばかりの田んぼが広がっている。ところが数年前から次々と田んぼがつぶされて家が建つようになり、それにともなって学童保育所《がくどうほいくしょ》の入所希望者が激増《げきぞう》した。小学校の校庭の片隅《かたすみ》に建つプレハブの建物は二棟《とう》に増設《ぞうせつ》された。そのひとつ、低学年の部屋にあたしはとびこんだ。

「ダイ！」

畳敷《たたみじ》きの学童保育所の部屋では、数人の子どもたちがそれぞれパズルやお絵かきをしながら、おむかえを待っていた。ダイは同学年らしき男の子とブロックで遊んでいた。

「おっ、ねえちゃん」

つくりかけのブロックから顔を上げたダイは、「ラピュタのロボットだよ」と自慢《じまん》そうにかかげて見せた。なるほど『天空の城《しろ》ラピュタ』のアニメに出てくるロボット兵にそっくりだ。

そのあとダイは、「おかー……」といいかけた言葉を飲みこんだ。

「ぼく帰る」

立ち上がったダイと男の子は、そそくさとブロックをケースにもどし、片《かた》づけに立った。

「ダイくんのおねえちゃん？」

ダイがお帰りのしたくをしている間、男の子があたしの真ん前に立った。

「うん」

ぶっきらぼうに答えた。おむかえにはちょくちょく来てるけど、この子ははじめてだ。

「何年生？」

「中二」

「おでこに、なんかついてる」

指さされて、ムッときた。ホクロだよ、ホクロ。これのせいで、小学校のときのあだ名は「お地蔵《じぞう》さん」。四年生のとき、カッターで取ろうとして流血さわぎになり、母親にめちゃめちゃしかられた。返事をする気にもならなくて、無視《むし》してやった。

「ダイ、早く！」

つい、いらついた声が出た。まったく一年生って、なんでこんなに荷物が多いんだ。体の半分をおおうほどのランドセル、その上に乗っかったお着《き》がえ袋《ぶくろ》、首からは水筒《すいとう》がぶら下がっているし、両手は鍵盤《けんばん》ハーモニカと上ばき袋でふさがっている。これじゃまるでヤドカリだ。

「荷物、カゴに入れな」

よたよたしているダイを手伝ってやる。

「ありがとう」

ダイの言葉に胸《むね》がキュンとなった。なんて素直《すなお》。

ダイはあたしと違《ちが》って、いうべきときにいうべき言葉がちゃんと出る。あたしはひねくれてるから、口ごもってるうちに、いわずにすませたりする。すると母親の怒《いか》りを買って、「あんたは、なんで素直にお礼の言葉のひとつもいえないの！」としかられる。自分でもわかっているから、指摘《してき》されるとよけいに腹《はら》が立って口答え。それのくりかえし。だからあたしは、母親にきらわれてる。

「おかーかんは？」

ようやく太陽がかたむきはじめた道を、前傾姿勢《ぜんけいしせい》で自転車をこぐあたしの背中《せなか》でダイが聞いた。

「……わからん」

「また発作《ほっさ》？」

思わずつんのめりそうになった。こいつ、発作なんて言葉、いつ覚えたんだろう。

「違《ちが》うと思うよ」

さりげなくスルーする。

もうあんなさわぎは二度とごめんだ。

あれ以来あたしは、救急車の音がこわい。


春。たしか土曜日の朝だった。

父親と母親が口げんかをはじめた。最初は母親が一方的にやりくりの大変さを訴《うった》えていた。

「支払《しはら》いがたまってるのよ。なんとかできない？」

「なんとかって、給料のほとんどを渡《わた》してるだろ。これ以上なんともできません」

大手飲料メーカーの営業《えいぎょう》をしている父親は、隣県《りんけん》にある出張所《しゅっちょうじょ》に単身赴任《ふにん》をしている。その日は二週間ぶりに家に帰っていた。

「あってまでに電話代ふりこまなきゃ、切られちゃうのよ」

「携帯《けいたい》があるから、べつにいいじゃないか」

「そういうわけにいかないわよ!」

「……いくらだ?」

「八千三百円」

父親は角のすり切れた財布《さいふ》を取り出して中をのぞきこんでいたけれど、

「だめだ。五千円しかない」

と、さかさにしてふってみせた。

「それでもいいわ」

と出した母親の手を、

「おれは給料日まであと一週間、これだけで昼めし食わなきゃいけないんだぞ! なんとかしてほしいのは、こっちのほうだ」

と、わりと強く払《はら》いのけた。すると母親はヒートアップしはじめ、

「だいたい、あんたがしょっちゅう飲みに行くのが悪いんじゃない。今の我《わ》が家《や》の状況《じょうきょう》を考え

たらできないはずよ！」

と、いい募《つの》った。

「おれは営業《えいぎょう》だ。飲むのも仕事のうちだ。なんでもかんでもおれのせいにするな。だいたい、わたしがローン代くらいはかせぐからって、無理してこの家買ったくせに、おまえがさっさと仕事辞《や》めるのが悪いんじゃないか」

怒《おこ》ると父親は饒舌《じょうぜつ》になる。とうとう母親の興奮《こうふん》はマックスに達し、

「大学まで出て、なんで毎日毎日エビの殻《から》むきなんかしなきゃいけないの！」

とキーキー声でさけびはじめた。

「仕事はそんなもんだ。みんな辛抱《しんぼう》してんだ。おれだって……」

父親がいいかけたとたん、母親は、

「あんたに甲斐性《かいしょう》がないから、こうなるんじゃない！　もとはといえば、あんたが悪い！」

と、わめきちらしながら、周りのものを手当たり次第に父親に投げつけはじめた。

あたしはダイに当たらないよう、いそいで二階のダイの部屋に避難《ひなん》した。ダイは机《つくえ》の脇《わき》にかけてあるランドセルに駆《か》け寄《よ》ると、ぶら下がっているお守りにおでこをこすりつけて、「けん

かをやめさせてください。けんかをやめさせてください」と米つきバッタみたいにお祈《いの》りをはじめた。祈られたって、神様はこまったに違《ちが》いない。だって、あれはおばあちゃんが買ってくれた「学業成就《じょうじゅ》」のお守りで、「家内安全」のお守りじゃないもの。あたしはひたすら息をひそめて、階下の物音に耳をすませた。一刻《いっこく》も早くこのさわぎがおさまりますように。あたしはあたしで、どこのだれだかわからない神様に向かって祈っていた。

そうしたら、一階のリビングで、バタン！　となにかの倒《たお》れるような大きな音がして、家がゆれた。そして、

「おい、お母さん、どうした！　おい！」

父親のパニくった声。あたしとダイは重なり合うように階段《かいだん》を駆け下りた。

転がった椅子《いす》の間に母親が倒れていた。ひきつけみたいに手足をつっぱらせて白目をむいている。ヒッヒッと、しゃっくりみたいな息の音がこわい。

「お父さん、救急車！」

「お、おう」

父親はふるえる手で、休日にいつもはいているジャージのポケットを探《さぐ》るが、携帯《けいたい》が布地《ぬのじ》に

からまってなかなか取り出せない。

「くそっ!」

いら立った父親の舌打《したう》ちと青ざめた横顔。あたしは突《つ》っ立《た》ったまま、のどからとび出しそうな自分の心臓《しんぞう》の音を聞いていた。いつもは垂直《すいちょく》に立ちふさがる母親が、水平状態《じょうたい》で横になっているると、どうしていいかわからない。あたしは、ひたすらうろたえた。

「おかーかん、おかーかん」

ダイが母親にとりすがって、ゆさぶっている。

「起きて、起きて」

されるがままにゆれる母親の体は、完全にノーコントロールだった。

「ダイ、ゆさぶっちゃだめ!」

いつかテレビの医療《いりょう》バラエティでいっていた。脳《のう》の血管が切れているかもしれないから、こんなときは動かしちゃいけないって。

「救急車一台お願いします。お母さんが、いや、妻《つま》が倒《たお》れて……」

だめだ。お父さん、テンパってる。一台って、タクシーじゃないっつうの。

「はい、はい。○×が丘《おか》二の二の三十です。はい、溝口《みぞぐち》です。息が止まりそうなんです。早く来てください。早く。え？　気道を確保《かくほ》？　首を横に向ける？」

携帯《けいたい》に向かってどなりながら、父親はさかんに身ぶりであたしに指図する。

でも、あたしは白目をむいてる母親がこわい。それに長い間スキンシップなんてしてなかったから、ふれるのがためらわれた。どうしよう、どうしよう、どうしよう。心臓の音だけが耳の中で大きくひびいた。

「こう？」

すばやく動いたのはダイだった。母親の顔を両手ではさむと、くいっと横に向けた。

「はい、首を上向けて息が通るようにするんですね。はい、はい」

必死のまなざしで訴《うった》える父親の目が血走っている。フリーズしたままのあたしにかわって、ダイは母親のあごに手をあて、そっと上を向かせた。

ピーポー、ピーポー、ピーポー

県道から救急車のサイレンがひびいてきたときには、こわばっていた体中の力がぬけて、すわりこみそうだった。だんだん大きくなって近づいてきたサイレンは信じられないほどの大きさでひびき渡《わた》ったと思ったら、家の前でぴたりと止まった。父親が玄関《げんかん》にとび出していった。

担架《たんか》をかかえた救急隊員がふたり入ってきた。

「溝口《みぞぐち》さぁん、だいじょうぶですかあ」

大きな声で問いかけるが、母親はヒューヒューと息をつぐだけで、返事はない。

「過呼吸《かこきゅう》みたいだな」

隊員のひとりのつぶやきが耳に入った。

「紙袋《かみぶくろ》ありますか」

はじかれたようにダイは、ゴミ箱から朝食のパンが入っていた紙袋を見つけてきた。隊員は酸素《さんそ》マスクみたいにそれを母親の口もとにゆるくあてがった。

「ゆっくり吸《す》ったり吐《は》いたりしてくださいねえ。はい、吸ってえ、はい、吐いてえ」

父親とダイとあたしは隊員の指示《しじ》にしたがって、ゆっくり息を吸ったり吐いたりした。少しずつ母親の胸《むね》が上下する間隔《かんかく》が長くなってきた。

「生年月日はいつですか」

隊員の質問《しつもん》に、父親より早くダイが答えた。

「昭和五十一年六月八日」

そうなのか。知らなかった。

「保険証《ほけんしょう》をお願いします。それからいつも飲んでる薬があれば、持参してください」

そう聞いても、うろたえるばかりの父親とあたしを尻目《しりめ》に、てきぱきと全部ダイが用意した。ダイはおかーかん大好き人間で、いつもくっつき虫みたいにくっついてるから、こういうときには役に立つ。

表に出ると、人だかりができていた。

「あらまあ、奥《おく》さんなの」

「あんなに元気だったのに、どうされたの？」

興味津々《きょうみしんしん》のヒソヒソ話にくちびるをかんだ。

結局その日は、夕方まで病院にとどめられた。点滴《てんてき》を打たれた母親はこんこんとねむり、父親は医者からいろいろと事情《じじょう》を聞かれた。

「倒《たお》れたときの状況《じょうきょう》はどうでしたか？　なにか興奮《こうふん》することでもありましたか」

医師《いし》の問いかけに、父親はタオルハンカチで何度もひたいの汗《あせ》をぬぐいながら、

「いや、ちょっと、夫婦《ふうふ》げんかしまして」

と口ごもっていた。ダイはその間ずっとあたしの手をにぎって放さなかった。目は真ん丸く見開かれたままだった。

あたしはというと、母親のピンチにすぐに動けなかった自分にショックを受けていた。何度も同じ場面がフラッシュバックしてくる。そのたびナイフを突《つ》き立《た》てられたみたいに心が痛《いた》んだ。

なんであのとき、あたしはなんにもできず、バカみたいに突っ立ってたんだろう。ダイはすぐに動いたのに……。自分でも認《みと》めるのはつらかったけれど、あのときあたしは白目をむいている母親がこわかったのだ。生理的に受けつけなかった。……なんてひどいやつ。自分の親なのに。

ようやく帰宅許可《きたくきょか》がおりて、病院をあとにするときのダイの喜びようったらなかった。

「おかーかん、おかーかん」

と子犬みたいにまとわりついて離《はな》れない。調子に乗りすぎて母親をおぶおうとして転んで、コンクリートにひざをぶつけて泣いてしまった。

結局あたしがダイをおんぶして帰るはめになった。

あの日以来、近所の目を気にするようになった母親は、家中のカーテンを引いて引きこもるようになった。じゃあ、家のことをやるかというと逆《ぎゃく》で、洗濯機《せんたくき》の上には洗濯ものの山ができているし、家の中はほこりとゴミの巣窟《そうくつ》だ。たまに帰ってくる父親とあたしとで、なんとかがんばるが、焼け石に水。よごれるスピードに片《かた》づけるスピードが追いつかない。

そのうち、ごはんもつくらない日が続き、ダイが隣町《となりまち》に住むおばあちゃんに、「おなかがすいて死にそう」と電話をかけた。そしたらおばあちゃんがとんできて、いやがる母親を無理やり病院に連れて行った。

「うつ状態《じょうたい》ですね」と診断《しんだん》された。病院で処方《しょほう》された薬を飲むと、今度はねむくてたまらないらしく、ますます母親は部屋にこもって寝《ね》ていることが多くなった。信じられないことに、この間なんか、あんなに潔癖症《けっぺきしょう》だった母親が、三日間も同じパジャマですごしていた。

玄関《げんかん》のドアを開けるダイの肩《かた》がとがっている。家の中は相変わらず無音だ。カーテンを引かれたリビングは、すでに夜の気配をにじませている。換気《かんき》をしていない部屋には、ムッとした匂《にお》いがこもっていた。ダイは不安そうにあたしを見上げた。あたしは急いで壁《かべ》のスイッチに手をのばす。部屋が明るくなっただけで、ちょっとホッとした。

「おかーかん、寝《ね》てるのかな」

声をひそめてダイが聞く。

「たぶん」

「ごはんは？」

「さあ」

アメリカから来たボブ先生みたいに、あたしは肩《かた》をすくめた。アイ、ハブ、ノーアイディア。

「とりあえず宿題しな」

あたしはダイの背中《せなか》のランドセルをおろしてやった。なにかしていたほうがいい。気がまぎれる。それに母親は勉強にはうるさい。どんなにしんどいときでも、ダイの宿題だけはちゃんと見てやっている。

ダイとあたしは食卓《しょくたく》に向き合ってすわり、教科書を広げた。

「ねえちゃん、タイムはかって」

足し算と引き算の計算カード片手《かたて》にダイがいう。めんどくさいなあと思いながら、壁《かべ》の時計を見上げた。

「いい？　レディ、ゴー」

スタートの合図とともに、九九をそらんじるみたいに猛《もう》スピードでカードをめくりながら、ダイは暗算をはじめた。5たす6は11、7たす8は15。まるで早口言葉だ。答えは合ってんのかなと心配になって耳をすませると、これがちゃんと合っている。すごっ！

「五十八秒！」

タイムを聞いたダイは、ぴょんぴょんはねて喜んだ。

「やったあ、やったあ。一分切った」

「書いて」と差し出された宿題カードの昨日の欄《らん》には、母親のきれいな字で、「けいさんがはやくなりました」と書いてあった。あたしも一年生のときは書いてもらってたなと、なつかしく思い出した。

――昨日は調子よかったのに。

小さくため息が出た。

「ねえちゃん、おなかすいた」

「あんたは学童でおやつ食べてきたんでしょ」

あたしは給食のカレー以外、なんにも食べてないんだからね。ちょっとうらみがましくダイをにらむ。

「今日のおやつ、なんだった？」

「あんドーナツとりんご」

あー、たっぷり砂糖《さとう》のかかったあんドーナツ！　いいなあ。あたしはごくりとつばを飲みこんだ。

母親がつとめを辞《や》めて以来、我《わ》が家《や》からお菓子《かし》と名のつくものが消えた。ポテチもプリンも牛乳《ぎゅうにゅう》まで。いうと、「お金がないの！」と切れられる。あたしは不思議でしょうがない。父親の給料だってあるのに、どうしていつも母親はあんなに「お金、お金」っていうんだろう。おやつだけならまだしも、今日みたいに母親がふさぎこんで起きてこない日は、ダイもあたしも夕飯ぬきだ。単身赴任中《ふにんちゅう》の父親は、そのことを知らない。あたしもいわない。だってチクるみたいでいやだから。

あたしはあんドーナツの幻影《げんえい》を頭から追い出して、宿題に専念《せんねん》することにした。「次の連立方程式《ほうていしき》を解《と》きなさい」数学はいい。決まりどおりに解いていくと、確実《かくじつ》に答えが出る。わからないのは人間だ。調子がよかったり、悪かったり。その上、地雷《じらい》をふもうものなら切れられる。

……安心がない。

「ねえちゃん、米がある！」

台所でごそごそやっていたダイが、はずんだ声を上げた。

「ごはん炊《た》こ！」

「えー、勝手にそんなことすると怒《おこ》られるよ」

それにあたし、炊き方知らないし。

「だって、おなかすいたもん。おれ、炊ける。おかーかんがやってんの見てたからわかる」

自信たっぷりにいうと、ダイは胸《むね》をそらせた。あたしのおなかが、ぐーぐーさわぎ出す。そうだよね。ごはんがあれば、おにぎりができる。なんで今まで気がつかなかったんだろう。すきっ腹《ぱら》を抱《かか》えて、ただ我慢《がまん》してるなんて、バカみたいだ。

「よし、やろ」

あたしはシャーペンをおいた。

炊飯器《すいはんき》から釜《かま》を取り出したダイは、米びつの底に残っていた米を、ザーと全部流し入れた。

「え、はからなくていいの？」

「いいの、いいの」

そうかなあと思ったけれど、ここはダイにまかせるしかない。ダイはそれを、「よいしょ」というかけ声とともに流しにおくと、水道をジャージャー流しながら米を洗《あら》い出《だ》した。ところが水の勢《いきお》いが強すぎて、水といっしょに米が釜からあふれていく。

「流れる、流れる。もったいないじゃん」

あたしはあわてて水道の栓《せん》をしめた。流し台は米だらけになった。そんなことには頓着《とんちゃく》せず、ダイは手を釜の中に突《つ》っこむと水の量をはかった。

「だいたい、ここまでなんだって」

と手首のあたりを指差した。へえ、知らなかった。それから適当《てきとう》に水を捨《す》て、釜を炊飯器にもどすと、

「これでよし！」

と意気揚々《ようよう》とスイッチを押《お》した。

ヴィィィーン。炊飯器が小さくうなりを上げる。めしだ、めしだ。これってキャンプみたい。わくわくする。

「おにぎりの中身、なんかあるかな？」

ふたりして冷蔵庫《れいぞうこ》に頭を突っこんだ。冷蔵庫の中は、すかすかだ。目につくのはケチャップとマヨネーズとマーガリンと麦茶だけ。

「はあ」

ため息が出た。ところがドアポケットに、

「みっけー、ゴマ塩」

「みっけー、玉子ふりかけ」

「みっけー、うめぼし」

焼きのりの缶《かん》も冷蔵庫の上に見つけた。椅子《いす》にのっかったダイが開けると、まだ何枚《まい》か残っていた。やったー。あとは、ごはんの炊《た》けるのを待つだけだ。

湯気を立てはじめた炊飯器から、ごはんの炊けるいい匂《にお》いが漂《ただよ》ってくる。

「うーん、うまそう」

ダイは目をつむって鼻の穴《あな》をひくひくさせている。先のとがったぼうず頭のダイが、ゴマ塩にぎりに見えてこまった。いかん、いかん。あたしはごくりとつばを飲みこんだ。

パチンッ
炊飯器《すいはんき》のスイッチが切れる音がリビングにひびいた。

――待ってました！

テレビを見ていたあたしとダイはたがいを押《お》しのけながら、炊飯器に突進《とっしん》した。

「もう！　おれが炊《た》いたんだぞ」

顔を真《ま》っ赤《か》にして抗議《こうぎ》するダイに、

「わかったよ」

と、フタを開ける役をゆずってやった。

「五、四、三、二、一！　ジャンジャ、ジャーン！」

こんなんで、だいじょうぶか？　と思うほどテキトーに見えたのに、なんと、ごはんはちゃんと炊けていた。

「ダイ、大成功！」

思わずはしゃいだ声を上げたら、

「ねえちゃん、それってダジャレ？」

真顔でたずねられて、赤面した。

「あつっ！」

いきなりおにぎりをにぎろうとしたダイが、しゃもじを放り投げた。

「あつ、あつ、あつ」

指についたごはんつぶをふり落とそうと、必死に手をばたつかせている。てのひらが真っ赤だ。

「水で冷やしな！」

あたしは急いで水道の蛇口《じゃぐち》をひねった。流れる水に手をひたしたダイの口から、「ほぅ」というため息がもれた。

「バカ！　冷ましてからじゃなきゃ、やけどするじゃん」

「バカじゃない！」

ダイのあごに梅ぼしの種が浮《う》かんだ。ヤバイ。これが出ると、泣く寸前《すんぜん》の証拠《しょうこ》だ。泣くと母親を起こしてしまう。

「ねえちゃんになんか、おにぎりやらん！」

「わかった、わかった。ほら、こうすると気持ちいいよ」

泣かれると面倒《めんどう》なので、あたしはまだほてっているダイの両手を、自分のほっぺたにあててやった。

「……うん。冷たい」

ようやく機嫌《きげん》を直したダイがうなずくと、ころんとした涙《なみだ》が転がり落ちた。炊《た》きたてだったから、よっぽど熱かったんだろう。それにしてもよかった、ヤケドしなくて。

家中で一番大きいボウルにごはんを移《うつ》して下敷《したじ》きであおいだ。

「よし、これでＯＫ」

ゴーサインを出しても、こりたのか、ダイはすぐには手を出そうとしない。

「まずはゴマ塩にぎり、いきまーす」

三角おにぎりはむずかしいので、俵型《たわらがた》に挑戦《ちょうせん》。意外とうまくいった。上からゴマ塩をふって、一丁上がり。

「おー、うまそう」

あたしは胸《むね》をそらせて自分のにぎったおにぎりに見とれた。炊きたてごはんでにぎったおにぎりは、米がぴかぴか光って、コンビニのおにぎりよりよっぽどうまそうだ。そこでようやくダイも参戦してきた。

「うんこにぎりー」

黄色い玉子ふりかけを、細長いおにぎりにたっぷりまぶして喜んでいる。やっぱりやることがお子ちゃまだ。母親がいたら、「食べもので遊ぶんじゃありません！」って、しかられるところだ。

それから、あたしたちは夢中《むちゅう》になっておにぎりをにぎった。大皿に大きいのや小さいの、色も形もとりどりのおにぎりが並《なら》んだ。ふと思いついて、マーガリンとケチャップを混《ま》ぜてにぎってみると、これがまたチキンライス味でめちゃうまだった。しゃもじにくっついたごはんつぶをなめ取っていたら、ダイが、

「おかーかんのぶん、取っといてあげよう」

と食器棚《しょっきだな》からお皿を取り出した。

――しまった。すっかり母親のことを忘《わす》れてた。

またダイに先をこされてしまった。

ダイは母親が大好きだ。「ぼくがこの世で一番好きなサルはおかーかん」というのがダイの口ぐせだ。「なんでサルなん?」と聞くと、「だって人間はもともとサルなんだよ」と、『せいめいのれきし』という絵本に夢中《むちゅう》のダイらしい答えがかえってきた。

ダイは、お皿に種類の違《ちが》うおにぎりを三個《こ》並《なら》べてラップをかけようとするのだが、ラップがよじれてうまくいかない。そこだけ手伝ってやった。ちょっとだけ母親に対するうしろめたさがやわらいだ気がした。

「それでは、いただきます!」

ふたりの声がそろった。

「ねえちゃん、これってパーティーだね、おにぎりパーティーだ」

うんこにぎりを口いっぱいにほおばったダイが、はしゃいだ声を上げた。うきうきしてきたあたしも麦茶のコップを高くかかげて、

「乾杯《かんぱい》しよ、ダイ。カンパーイ」

　カチンとコップを合わせた。

　おなかがふくれると、自然と気分もアップする。最後のおにぎりを取り合ってじゃんけんをした。

「最初はグー、ジャンケンポン！　あいこでしょ、しょ、しょ、しょ……」

　なぜかいつまでもあいこが続いて、ふたりして笑い転げた。

「あー、おかしい。もういいよ。ダイが食べな」

　じゃんけんに疲《つか》れたあたしがゆずってやると、ダイは、

「やっりー！」

　とガッツポーズをした。そのときだ。

「なにしてるの？」

　がらりとふすまが開いて、ゆうれいみたいに長い髪《かみ》の毛《け》を顔面にたらした母親があらわれた。

　一瞬《いっしゅん》で空気が凍《こお》りついた。

「なに、これ？」

散らかったテーブルと空になった炊飯器《すいはんき》の釜《かま》とを見回すと、母親は一オクターブ低い声を出した。

「お米、全部使ったの?」

ピクッとダイの肩《かた》がはね上がった。

「あれが最後の米だったのに。パパの給料日まであと五日もあるのに、どうすんのよ、もおー」

母親は両手でがしがしと頭をかきむしった。プンと洗《あら》っていない髪《かみ》の毛《け》が匂《にお》った。

「……ごめんなさい」

ダイは肩をすぼめてしょんぼりしてしまった。すっかり涙声《なみだごえ》だ。

ひどい! ダイ、はり切ってたんだよ。やけどしそうになっても泣かないで、がんばったんだよ。ちょっとぐらいほめてやったっていいじゃん! えらかったねって。もとはといえば、ごはんもつくらないで寝《ね》てる自分が悪いんじゃん。

あたしの胸《むね》に憎悪《ぞうお》に近い感情《かんじょう》がわき上がる。ぎりりと奥歯《おくば》をかみしめ、母親をにらみつけた。

ところが、母親はそんなあたしに目もくれず、

「あー、だるい」

と、どさりと体を投げ出すように椅子《いす》にすわりこんだ。

「……おかーかんも食べる?」

ダイは、母親のために取っておいたおにぎりの皿をおずおずと差し出した。ところが母親は見向きもしないで、

「それよりダイ、宿題は? ちゃんとやった?」

と大変なことを忘《わす》れていたといったように、大きな声を上げた。ダイが、

「やった」

と答えると、

「よかったぁ」

と、ようやくほっとした表情《ひょうじょう》を見せた。

「宿題カードは?」

「ねえちゃんが書いてくれた」

「そ、よかった」

「お母さん」

あたしはふたりの会話に割《わ》って入った。

「ダイのおにぎり食べてやって」

いつもより半オクターブ低い声が出た。

「え？」

ようやく気づいたように母親は、ダイの差し出す皿に目を留《と》めると、

「ああ。今、食欲《しょくよく》ないから、あとで食べるね。ありがとう」

とダイの頭をなでた。あたしはようやく、胸《むね》のつかえが取れた。

あたしにはもうひとつ、胸につかえてることがあった。澤《さわ》先生からあずかった封筒《ふうとう》、いつ渡《わた》そう。

「……お母さん」

今度はおずおずと声をかけた。

「ん？」

テーブルにくたっと上半身を投げ出していた母親が、半開きの目を上げた。

「これ、先生から」

「なに?」

想像《そうぞう》はついていたけれど、しらばっくれた。

「知らない」

いかにも重そうな腕《うで》を上げて封筒を受け取ると、母親はひらひらと手をふった。あ、ハサミ。おばあちゃんから厳《きび》しくしつけられたせいか、母親には、みょうにきちんとしたところがある。指で手紙の封《ふう》を切ったりはゼッタイにしない。あたしはあわててカップボードの引き出しからハサミを取り出して渡した。

「……修学旅行《しゅうがくりょこう》の積立金かあ。そういえばママ忘《わす》れてた。こまったなあ。それにしてもなんで修学旅行ってこんなに高いの?」

そんなことあたしに聞かれたってこまる。あたしは視線《しせん》をうろうろと天井《てんじょう》にはわせた。

「今どきパックツアーのほうがよっぽど安いのに」

文句《もんく》をいっているときの母親は少し元気を取りもどしたように見える。あたしはどきどきしながら返事を待った。払《はら》ってくれるのか、くれないのか。あたしが知りたいのはそれだけだ。

「パパの給料は上がらないのに、ステップ返済《へんさい》だから来年からローンの返済額《へんさいがく》は上がるし、もうママ、お手上げよ」

母親は栓《せん》のゆるんだ蛇口《じゃぐち》みたいに、ダイとあたしに家計の大変さをぐちり続けた。

黙《だま》って聞いてるうちに頭がくらくらして、気持ち悪くなった。お金のことをいわれるのが、一番こたえる。だって子どものあたしたちじゃ、どうしようもないもの。あんたがリスク。そういわれてる気がして、消えてしまいたくなる。

——もういいよ！　修学旅行《しゅうがく》なんて行かない！

「あら、あら、遊《ゆう》ったら、泣かなくてもいいじゃない。ママ、行っちゃいけないっていってるわけじゃないでしょ。わかった、わかった。なんとかするから」

あわててのばしてくる母親の手を、体をひねってかわした。いわれてようやく、あたしは自分が泣いていることに気がついた。指でさわるとほっぺたがぬれていた。口に流れこんだ涙《なみだ》がしょっぱかった。

そばにきたダイが、あたしの顔を見上げながら手をぎゅっとにぎってくれた。小さいけれど、あたたかい手だった。あたしは弱よわしく、にぎりかえした。

2

マネージャー

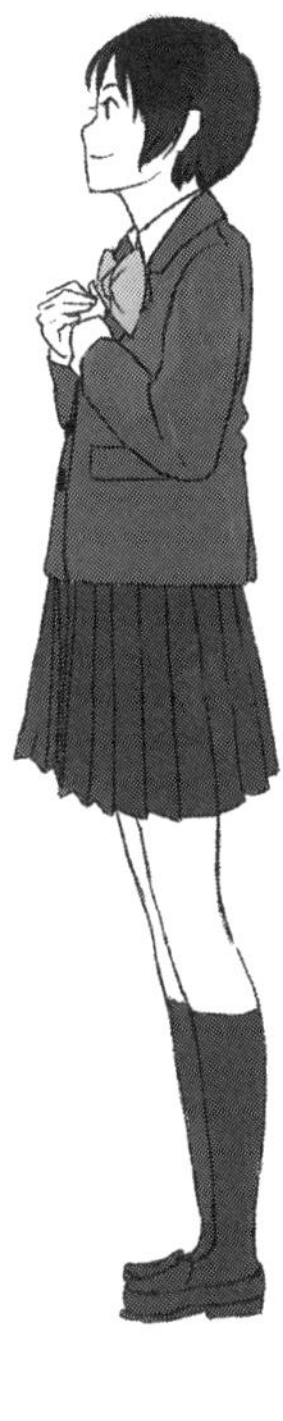

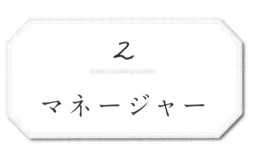

朝食ぬきで登校したせいか、ゆうべの余韻《よいん》か、朝からいらいらが止まらない。凶暴《きょうぼう》ななにかが胸《むね》の奥《おく》でうごめいていて、虎視眈々《こしたんたん》と獲物《えもの》をねらっている。餌食《えじき》は、「遊《ゆう》、おっはー」と能《のう》天気《てんき》に近寄《ちかよ》ってきた満里《まり》だ。

「満里って、ふざけた名前だよね」

いじわるな口調になっているのが自分でもわかった。さすがに満里は、

「どうして?」

と声をかたくして警戒《けいかい》している。

「だってさ、金にこまってもいないのに、『金こまり』なんて、イヤミー」

いやらしくくちびるをゆがめた自分の顔が見えるようだ。ますます心がざらついた。

「あ、ほんとだ。『金、こまり』かぁ。気がつかなかった。うけるー。遊って、おもしろいことに気がつくね」

満里は両手をたたいてけらけら笑いだした。この天真爛漫《てんしんらんまん》さにはかなわない。さすがに、あたしの中の凶暴ななにかも、しゅーしゅーと音立てて、しぼんでいった。そんなあたしの変化を見てとったのか、満里は、

「遊、お願い。数学の宿題うつさせて」

とあたしの顔の真ん前で手を合わせて拝《おが》むしぐさをした。

「またあ？」

「ゆうべテレビ見てたら、やる時間がなかったんだもん。お願い、お願い」

鼻と鼻がくっつきそうなほど顔を寄《よ》せてくる満里の眼鏡《めがね》の奥の目が、水晶玉《すいしょうだま》みたいにきれいで見とれた。

「ほいよ」

しかたなく、あたしが数学のノートを押《お》しやると、

「サンキュ、サンキュ」

こおどりしながらノートを抱《だ》いて自分の席にもどっていった。

ぐーっ。盛大《せいだい》な音を立てておなかが鳴った。あたしは、だれかに聞かれなかったかと、あわてて周囲を見回した。よかった。隣《となり》の席の男子は、離《はな》れた席の友だちと丸めた紙を投げ合って遊んでいる。

気をまぎらせようと、あたしは窓《まど》の外に視線《しせん》をうつした。窓ぎわのあたしの席のすぐそばに

まで枝《えだ》を茂《しげ》らせたイチョウの葉が、いつのまにか黄色くそまっている。葉っぱごしの陽《ひ》が机《つくえ》の上でおどっていた。チロチロ、チロチロ。風があるのかリズミカルな動きだ。

あとひとつの坂道を　ひとつだけの夜を　越《こ》えられたなら　笑える日がくるって
今日も信じてるから　君もあきらめないでいて
何度でも　この両手を　あの空へ

近ごろくりかえし聞いている、ファンキーモンキーベイビーズの『あとひとつ』のメロディーが木もれ日の動きに重なる。ひつじ雲の浮《う》かぶ空を見上げながら、何度も胸《むね》の中でリフレインしていると、ふいにまぶたが膨張《ぼうちょう》して熱くなった。やばっ。最近なぜか涙腺《るいせん》がゆるい。
あわてて目をこすったときだ。校庭を横切って歩いてくる人影《ひとかげ》が目に入った。
キーンコーン、カーンコーン、キーンコーン、カーンコーン
授業《じゅぎょう》開始のチャイムが盛大《せいだい》に鳴りひびく中、たったひとり、あせるでもなく悠然《ゆうぜん》と歩を進めている。黄金色のイチョウにふち取られて、そこだけ映画《えいが》のワンシーンみたいに切り取られて

見えた。まるでシャワーをあびたように短髪《たんぱつ》がぬれて光っていた。全身から、「おれが世界の中心」そんなオーラを漂《ただよ》わせている。存在感《そんざいかん》がハンパない。

――だれ？

思わずもう一度、目をこすった。

中二ともなると、女子たちの話題のほとんどは恋《こい》バナだ。あの子がいいだとか、だれとだれとがつき合ってるだとか、そういう話。ところが、あたしは今までそういったことには、まったく興味《きょうみ》がなかった。男子なんてただ汗《あせ》くさくてうるさくて、梅雨《つゆ》どきのハエとおんなじだと思っていた。だから、同じクラスの男子の顔と名前さえ、ろくろく一致《いっち》しない。

でも今、イチョウの葉っぱにふち取られて悠然と歩を進めている男子から目が離《はな》せなかった。あとがつくほど、きつく窓枠《まどわく》をにぎりしめ、食い入るように見つめていた。

あと数歩で昇降口《しょうこうぐち》というところまで来て、視線《しせん》を感じたのか、その子がふいに、あたしのいる二階の窓辺《まどべ》を見上げた。

そらす間もなく、ばっちり視線が合ってしまった。

その瞬間《しゅんかん》、電気が走ったみたいに、あたしの目の中で火花が散った。刺《さ》すような鋭《するど》いまなざしに射《い》ぬかれて、全身がかたまった。まるで野生動物みたい。もしもあたしがインパラだったら、確実《かくじつ》に食われてる。

チャイムが鳴り終わり、男子の姿《すがた》が校舎《こうしゃ》の中に消えたあとも、あたしはいつまでも身をかたくして昇降口《しょうこうぐち》を見つめ続けていた。

「遊《ゆう》、サンクス。助かった。今度、マックおごるね」

ノートをかえしに来た満里《まり》に肩《かた》をたたかれて、とび上がった。

「なに、遊。なにそんなに、びっくりしてんのよ」

逆《ぎゃく》におどろかれ、

「くけけけけ」

とあわてて、いつものカエル笑いでごまかした。

「もう、遊ったらあ」

満里に頭をはたかれたとたん、原田《はらだ》がいつもの早足で教室に入ってきた。

「連立方程式《ほうていしき》の解《かい》の求め方はふたつあったな？　田村、なにとなにだ？」

機関銃《きかんじゅう》のような早口でさっそく授業《じゅぎょう》開始。授業がはじまっても、あたしの頭は校庭を横切って歩く男子の面影《おもかげ》にすっかり占領《せんりょう》されていた。顔全体ははっきりとは浮《う》かばないけれど、あたしを見上げたまなざしの強さに、完全にノックアウトされていた。思い出すだけで、心臓《しんぞう》がどきどきと高鳴りはじめる。たたずまいがすてきだった。まっすぐ前に向けられた顔、悠然《ゆうぜん》とした足取り。ほんの一瞬《いっしゅん》の姿が、なぜか強烈《きょうれつ》に心にはりついてはがれない。はじめての感覚だった。

——なにこれ？

ぼんやりしていたら、原田に見とがめられた。

「溝口《みぞぐち》、聞いてんのか？　前へ出てこの連立方程式、解《と》いてみろ」

「お地蔵《じぞう》さん、がんばれ」

廊下《ろうか》側の席から男子のヤジがとんだ。黙《だま》れ、ガキんちょ。すっと立ち上がって黒板の前に進み出る。みんなの視線《しせん》をあびた背中《せなか》が熱い。

——なんだ、簡単《かんたん》じゃん。

さらさらと解を書いてチョークをおき、席にもどる途中《とちゅう》、伸《の》ばした満里の手があたしの指にふれた。

(やったねー)

ニーッとくちびるを思い切り横に広げた顔が誇《ほこ》らしげだ。ほほえみかえしながら、胸《むね》がじんわりとあたたかくなった。満里《まり》がいてくれるから、教室はあたしの居場所《いばしょ》となる。朝は悪いこといっちゃったな。

昼休み。

あたしは窓辺《まどべ》にはりついて、校庭で遊ぶ生徒たちの群《む》れを凝視《ぎょうし》していた。

「ね、ね、遊《ゆう》。なんかおもしろい話ない?」

退屈《たいくつ》した満里がしつこく聞くのにも上の空で、目は校庭にはりつけたままだ。

——どの子だろう。

黒い学生服の群れの中から、遠くから一瞥《いちべつ》しただけの男子を見つけるなんて、砂浜《すなはま》で桜貝《さくらがい》のかけらを見つけるよりむずかしい。第一、学年だってわからない。もしかしたら三年かも。あたしがあきらめかけたときだ。

校舎《こうしゃ》の壁《かべ》にサッカーボールをぶつけて、「こらあ、ボール遊びは禁止《きんし》だろが!」としかられている男子がいた。

「いた！」

「ごめん。痛《いた》かった？」

退屈しのぎに、寝《ね》ぐせがついたままだったあたしの髪《かみ》の毛《け》を、手ぐしで整えてくれていた満里が、あわてて手を止めた。

「そうじゃなくて、あいつ、あいつ」

興奮《こうふん》したあたしは、思わず指差していた。

「あいつって？」

「ほら、職員室《しょくいんしつ》の窓《まど》のところで先生にしかられてる男子。あいつ、だれ？」

「ああ、二組の金城《きんじょう》」

「金城って？」

今まで全然知らなかった。何者？

「サッカー部だよ。結構《けっこう》うまいらしいよ」

そうなんだ。なんで今まで気がつかなかったんだろう。あたしは自分の鈍感《どんかん》さに歯ぎしりした。満里《まり》だって知ってるのに。

「フルネームは？　下の名前は？」

あせって聞いた。

「金城哲《きんじょうてつ》。みんなキンちゃんて呼《よ》んでるよ」

「キンちゃん、キンちゃん」

あたしは舌《した》の上で何度もその名を転がした。ひびきが気に入った。


満里とあたしは帰宅部《きたくぶ》だ。いつもだったら授業終了《じゅぎょうしゅうりょう》と同時にふたりして校門をとび出す。ふたりとも早く家に帰りたいってわけじゃない。満里はぜんそく持ちという健康上の理由で最初から部に入ってないし、あたしは母親が不安定になってからどうしても家が気になって、入っていた卓球部《たっきゅうぶ》を辞《や》めた。それに部活に入っていると、ラケットだ、シューズだ、遠征費《えんせいひ》だって、ハンパなくお金がかかる。我《わ》が家《や》の今の経済状態《けいざいじょうたい》じゃ、とても無理だった。

「満里、先に帰ってて」

「え、なんで？」

昇降口《しょうこうぐち》で靴《くつ》をはきかえていた満里の目が不安そうにゆれた。無理もない。二年生になって以来、別べつに帰ったことなど一度もないのだ。

「ん、ちょっと」

「ちょっとって？」

満里が重ねて聞く。

「ちょっと図書館に寄《よ》っていく。今日までにかえさなきゃいけない本があったの忘《わす》れてた」

ぺろりと舌を出して、なに食わぬ顔でうそをついた。

「なあんだ、そんなことか。水くさいなあ。つき合うよ、それくらい」

せっかくはきかえた靴をまたぬごうとする満里を、あわてて止めた。

「いいって、いいって。時間かかるかもしんないしさ」

満里の肩《かた》に手をおき、くるりと回した。しまった。ちょっと力が入りすぎた。よろめいた満里は、一瞬傷《いっしゅんきず》ついた目で見上げたけれど、

「……わかった。じゃね」

と背《せ》を向け、のろのろ歩き出した。その少し猫背《ねこぜ》ぎみのうしろ姿《すがた》に胸《むね》が痛《いた》んだ。それでもやっ

ぱり好奇心《こうきしん》をおさえることはできなかった。

「ごめん」

満里《まり》がふりかえらないのを確認《かくにん》してから、あたしはグラウンドに向かってダッシュした。

遠くの山ぎわからしみ出した夕やけが、筆ではいたような雲が広がる空全体に広がっていた。熟《じゅく》した柿《かき》のオレンジ、サーモンピンク、グレイッシュブルーとグラデーションを描《えが》いて、圧倒《あっとう》的な美しさだった。そんな空の下、吹奏楽部《すいそうがくぶ》の練習する調子っぱずれの管楽器の音がにぎやかに鳴りひびいていた。放課後の学校がこんなにきれいだなんて知らなかった。なんだか今まで損《そん》をしていた気分になった。

グラウンドでは、野球部の練習がはじまっていた。「リー、リー、リー、リー」部員たちのよく通る声が高い空に上っていく。グラウンドをシェアしているサッカー部は、校庭をぐるりと回った反対側で輪になってストレッチをしていた。ユニフォーム姿《すがた》だと、全員同じに見える。キンちゃんはどこ？　あたしは目を皿のようにしてキンちゃんを探《さが》した。

ストレッチをしていたサッカー部の輪がほどけて、グラウンドに散った。ふたりひと組で走りながらのパス練習がはじまった。中でもひとり、ずぬけて身のこなしが俊敏《しゅんびん》な子がいた。体全体がサッカーをやる喜びにはずんでいる。

——あれだ！

胸《むね》がゴトンと音を立てた。その瞬間《しゅんかん》、世界から音が消えた。夕方の空気をふるわせる管楽器のひびきも、野球部のかけ声も、なにもかも。

——ほーっ。

思わずあたしの口からため息がもれた。サッカーには格別興味《かくべつきょうみ》も知識《ちしき》もなかったあたしが、魅《み》せられていた。

ずっと見つめ続けているうち、まるで3D《スリーディー》みたいに、キンちゃんだけとび出して見えるようになってきた。キンちゃんが疾走《しっそう》すると、あたしの耳の横で風がぼーぼーと音を立てた。ボールを蹴《け》った瞬間、キンちゃんの体が宙《ちゅう》に浮《う》くと、あたしまでコンクリートの上でとび上がった。

——すごいもの、見つけた。

あたしの体の細胞《さいぼう》という細胞がわき立っていた。体のど真ん中に強烈《きょうれつ》シュートを打ちこまれた気分。心のネットはいつまでもゆれ続け、いつまでも止まりそうになかった。

気がつくと、日が暮《く》れるまでグラウンド脇《わき》の階段《かいだん》にすわりこんでいた。おしりのしびれで、ようやく時間の経過《けいか》に気がついた。

――やばっ。

あわててスカートの砂《すな》を払《はら》って立ち上がった。もし母親がまた寝《ね》こんでたら、ダイのおむかえがいなくなる。

グラウンドでは、黒いシルエットになったサッカー部員たちがまだ走り回っていた。「まかせろ、まかせろ」「ナイッシューッ！」にぎやかな喚声《かんせい》が、うす紫色《むらさきいろ》の空に上っていく。

あたしは未練たらしく何度もふりかえりながら、グラウンド沿《ぞ》いの道を自転車おき場へと走った。


キンちゃんへの想《おも》いは、だれにもいわない。ぜったいに秘密《ひみつ》にする。こんな大切な気持ちを軽がるしく人に話すなんて、もったいなさすぎる。そう心に誓《ちか》っていた。

なのに、満里《まり》といると、なぜか話したくて話したくて、口もとがうずうずしてしまう。

「今日の給食、キンメダイの煮《に》つけだって」

と満里がいうのに、

「え、キン？　キンちゃん？」

と、つい過剰反応《かじょうはんのう》してしまった。

「なあに、遊《ゆう》ったら。キンちゃん、キンちゃんて。ひょっとして、金城《きんじょう》にほれたとか？」

鼻にしわを寄《よ》せた満里に突《つ》っこまれたとたん、あっさりうなずいていた。かるっ。自分で自分の軽さにあきれた。あたしって、なんて意志薄弱《いしはくじゃく》。恋《こい》バナに夢中《むちゅう》になる女子の気持ちがはじめてわかった。

「しっかし、遊が男にほれるとはねえ」

失礼なまなざしで失礼なことを満里はいう。ほ、ほれるって。あたしは体中の血が全部、顔に集結するのを感じた。

「そりゃ、するよ。うちだって乙女《おとめ》だもーん。なんちゃって」

変顔でごまかした。

「乙女が給食のおかわりねらって、ダッシュするか？」

「だって、しょうがないじゃん。おなかすいてんだもん」

「家でちゃんとごはん食べてこないからだよ」

「……」

こんなときあたしは、満里《まり》との間にアマゾンほどの川が横たわっているのを感じる。家のことは満里にも、いっていない。いいたくないし、なぜだか、いっちゃいけない気がする。家族の問題は、ビミョーだ。だから、わかれっていうほうが無理かもしれないけれど……。

「ところで、今日もサッカー部の練習見に行くの？」

どことなくさびしそうな口調の満里にいきなり聞かれ、

「えっ？」

思わずあたしはふりかえっていた。

「……バレてた？」

おそるおそる顔色をうかがうと、

「バレるよ。図書館なんて、ベタなうそ」

といわれた。

「ごめん！」

ここは謝《あやま》るしかない。

「それで、行くの？」

　重ねて聞かれたときには、

「行く！」

と即答《そくとう》していた。すると満里はおどろいたことに、

「よくやるよー」

と、わずかに口もとをゆがませると、

「うちも行っていい？」

と、すくい上げるようなまなざしで聞いてきたのだ。

「え？」

　思ってもいなかった展開《てんかい》にびっくりした。

　――そっか、満里だって急にひとりになったら、さびしいよね。

　キンちゃんで頭がいっぱいのあたしは、

「いいよ」

と、よく考えもせず上の空で返答していた。

そんなわけで、あたしたちは放課後のグラウンドの階段《かいだん》に、ふたりしてすわっている。

「満里《まり》、だいじょうぶ？」

ゆうべから急に気温が下がっていた。空は厚《あつ》い雲におおわれて灰色《はいいろ》だし、なぜか今日は吹奏《すいそう》楽部《がくぶ》も練習をしていない。昨日とはまったく趣《おもむき》が違《ちが》っていた。コンクリートの階段は保冷剤《ほれいざい》並《な》みの冷たさで、おしりからじんじんと冷えが、はい上がってくる。ときどき、ぐふっ、ぐふっと、くぐもったせきをする満里が気にかかった。またぜんそくの発作《ほっさ》が出なきゃいいけど。発作が出ると、ときどき満里は学校を休む。満里が休んだ日の学校は、とたんに白じらしくそっぽを向いて、あたしは身のおき場にこまる。小学校のときは、何か月も長期入院をしたことがあるっていっていた。

「だいじょうぶ。でも、さびぃ」

満里はコンクリートに直接《ちょくせつ》おしりはつけないで、しゃがんだひざをスカートで包んでふるえている。

「……帰ろうか？」

しぶしぶ提案《ていあん》した。ちぇ。あたしは思わず舌打《したう》ちしそうになった。せっかくじっくり見物したいと思ってたのに。つき合ってなんてくれなくていいのに。またブラックな感情《かんじょう》がわき上がる。がっかりしながら立ち上がったとき、

「自分らもマネージャー志望《しぼう》？」

とつぜん背後《はいご》から声をかけられて、とび上がった。

「え？」

ふりかえると、仁王立《におうだ》ちの五十嵐《いがらし》あさみがいた。目の前の真っ白な生足がまぶしい。

「昨日も熱心に練習見てたよね。だからライバル登場かなって思って」

「ライバル？」

五十嵐あさみのいってる意味がわからない。

「サッカー部のマネージャーやりたいんだよね」

マネージャー？　そうか！　その手があったのか。あたしは目からうろこがバリバリはがれる音を聞いた。

「やりたい！　マネージャー」

立ち上がってさけんでいた。すると真正面から五十嵐《いがらし》あさみと向き合う形になり、まるで西《せい》部劇《ぶげき》の決闘《けっとう》シーンみたいになった。

「やっぱり。じゃ、今からいっしょに部室行く?」

五十嵐あさみがはずんだ声を上げた。なんだ、自分だってまだ行けてないんじゃん。あたしは遅《おく》れをとっていないことにホッとすると同時に、少しだけ五十嵐あさみに近寄《ちかよ》った。

「うん! 満里《まり》はどうする? 行く?」

「どうしようかなあ」

あまりの急展開《きゅうてんかい》に、とまどいをかくせない満里は、五十嵐あさみに背《せ》を向け、すがるようにあたしを見た。

「行こうよ」

腕《うで》を引っぱると、

「う、うん」

あいまいにうなずいた。満里は優柔不断《ゆうじゅうふだん》だ。というよりやさしすぎて、相手の気持ちを考えたり、都合を考えているうちに、いやなこともいやといえなくなってしまうのだ。ずるいあたしは、そんな満里の性格《せいかく》を知ってて利用する。

「よし、決まり！」

部室はグラウンドの反対側、プラタナスの老木のそばだ。コンクリートブロックを積み上げ、波板をのせただけの小屋を野球部と共用している。グラウンドを半周する間、あたしの心臓《しんぞう》は制服《せいふく》のブラウスを持ち上げそうな勢《いきお》いではね続けていた。

練習試合でもしているのか、「パス、パス」「行けえ！」とすごい迫力《はくりょく》だ。土ぼこりが歩いているあたしたちのところにまで流れてくる。あの中にキンちゃんもいると思うと、よけいに体がこわばって、おかしな歩き方になった。そのとたん、プラタナスの根っこにつまずいて、あやうく転びそうになった。おっと。ここで転ぶなんて、かっこ悪すぎじゃん。

「サッカー部」と木札のかかった部室をのぞくと、だれもいなかった。ブロックを積み上げただけの殺風景な部室はほこりっぽくて、おまけにくさかった。汗《あせ》くさいジャージや蒸《む》れた靴《くつ》の匂《にお》いなんかが混《ま》ざり合って、なんともいえない異臭《いしゅう》が窓《まど》のない小部屋に立ちこめていた。たまらず鼻をつまんだ。

「ゴホ、ゴホ、ゴホ」

のぞいただけで、たちまち満里《まり》はせきこんだ。一時避難《ひなん》して、せきこんだ満里を介抱《かいほう》してい
ると、練習を中断《ちゅうだん》した部員がひとり、駆《か》け寄《よ》ってきた。
「なんか用？」
さわやかな口調。たしか同じクラスの福山《ふくやま》くんだ。整いすぎた顔立ちがイヤミで、人気はあ
るけど、あたしは苦手なタイプ。福山くんと幼《おさな》なじみの満里によると、幼稚園《ようちえん》のころから、女
の子にかこまれていたそうだ。
「あ、あの、あたしたち、その」
五十嵐《いがらし》あさみが口ごもった。めずらしく緊張《きんちょう》した様子が意外だった。
「マ、マネージャーとか、やれないかなって」
「マネージャー？　どうかなあ。顧問《こもん》の原田《はらだ》先生に聞いてみて」
うえー。サッカー部の顧問って、数学の原田なのか。あたしはもう少しですわりこみそうに
なった。
「わかりました」
五十嵐あさみの返事を聞くやいなや、福山くんは、

「おーい、次、三対一行くぞー」

とグラウンドに向かって声を上げ、軽い足取りでもどっていった。そのうしろ姿《すがた》を、五十嵐あさみは微動《びどう》だにせず、じっと見つめていた。

――五十嵐さん、ひょっとして福山くんのこと好きなの？

なあんだ。動機が不純《ふじゅん》。と思ったけれど、自分だって大差ないから、人のことはいえない。

というか、気持がわかるぶん親近感を感じた。

勢《いきお》いのまま、三人そろって職員室《しょくいんしつ》に向かった。入り口のところでジャージ姿の原田とぶつかった。

「先生」

「おっ、なんだ」

いぶかしげにふりかえられた。

「あの、マネージャーやりたいんですけど」

勢いこんだ五十嵐あさみが、単刀直入に訴《うった》えた。

「マネージャーって、サッカー部のか？」

「はい」

あたしと五十嵐《いがらし》あさみの声が重なる。原田《はらだ》への嫌悪感《けんおかん》はいったん棚上《たなあ》げだ。

「高校のサッカー部には女子マネがいるけど、中学は聞いたことないなあ」

「それでもやりたいんです」

ぐいっと五十嵐あさみが前に出る。結構《けっこう》、強引だ。あたしも五十嵐あさみに続いて前に出た。

逆《ぎゃく》に満里《まり》は一歩うしろに引いた。

「そんなにサッカーが好きなのか？」

答えるのに、一瞬《いっしゅん》間があいた。そういえばあたし、ルールもよく知らない。やっぱりなというように、原田が片側《かたがわ》だけくちびるを上げて苦笑いした。

「あ、でも」

あせった五十嵐あさみは必死で食い下がる。

「おにいちゃんがやってるから、くわしいと思います」

「そうか……。少し考えさせてくれ。来週、部室に来て」

いいおくと原田はタッときびすをかえし、グラウンドに向かって駆《か》け出《だ》した。走りは軽い。

そっか。原田ってまだ二十代だったっけ。今さら気がついた。

「あー、どうかOKがでますように」

パンパンとかしわ手を打って、五十嵐あさみは職員室《しょくいんしつ》のドアの前で拝《おが》むように両手を合わせた。あたしも続いた。

「でも、明日も練習見に行こうね」

あたしはあせっていった。明日が楽しみなんて、いつ以来だろう。小学生のころはどうってことない毎日のくせに、なぜか明日が楽しみだった。明日も友達と遊べるとか、給食がカレーだとか、そんなささいなことで十分幸せだった。

流れで、三人いっしょに下校した。五十嵐あさみの父親は警察官《けいさつかん》だとかで、官舎《かんしゃ》も同じ方角だという。盛《も》り上《あ》がる五十嵐あさみとあたしのうしろから、満里がとぼとぼとついてくる。話がしづらいから、三人とも自転車は降《お》りて押《お》していた。

「どした？　満里」

二メートル以上開くと、あたしは気になってふりかえる。はっきりいって、うざい。せっかく盛り上がってるのに、水差すんだよなあ。あたしは、思わせぶりな満里の態度《たいど》にイラついた。

「……うん」

　すると満里《まり》はなにもいわず小走りで追いついてくる。だけど、横には並《なら》ばず、微妙《びみょう》な距離《きょり》を取るのだ。

「マネージャーってさ、縁《えん》の下の力持ちだけど、選手の健康管理から用具やユニフォームの手入れまで、することいっぱいあるんだよね」

　五十嵐《いがらし》あさみは形のいい鼻をツンと上向けて、マネージャー業務《ぎょうむ》の大切さを力説する。その言葉に、あたしはうっとりしながら全身で耳をかたむけた。ものすごく刺激的《しげきてき》。今まで知らなかった世界が目の前にパァーッて開けてくる。キンちゃんたちサッカー部員と気持ちをひとつに戦い、勝利の喜びも敗戦のくやしさも共有する。なんてすてきなんだろう。これこそ、あたしのあこがれていた、ザ・青春！　だ。

　それとくらべると、今までのあたしたちって、なんて地味だったんだろう。とたんに満里との日々が色あせて、つまらないものに思えてきた。だけど、ネックはダイのおむかえだ。母親が行ければ問題ないのに……。

　五十嵐あさみとは、スーパーまるやの角で別れた。別れたあとも、満里はすぐにはあたしと並んでこなかった。

「満里ったら、なんでそんなに離《はな》れて歩くのよ」

隣《となり》がさびしくなったあたしは、いら立ちをかくしてふりかえった。

「……」

満里は黙《だま》って首をふる。心もち顔が引きつっている。

「五十嵐さんて、こわいのかと思ったら、意外といい人だったね。暴力事件《ぼうりょくじけん》なんて、うそだよね」

興奮《こうふん》ぎみのあたしの言葉に、満里の肩《かた》がぴくんと上がった。

「マネージャーなんて、あたし、考えもしなかったよ」

あたしは目の前に開けた世界に夢中《むちゅう》だった。

「自分がサッカーやるわけじゃないから、満里だって平気だよ。それにお金だってかかんないしさ、サイコーじゃん」

するとと、聞こえないくらいの小さな声で満里がなにかつぶやいた。

「え、なんて？」

あたしは立ち止まって、満里《まり》が近づくのを待った。なのに一メートル手前まで来ると、満里はまた自転車を止めた。

「……あたしは、ムリ」

「ええー、なんでよ」

思わず大きな声を上げていた。

「楽しそうじゃん、やろうよ、やろうよ」

あたしはしつこく食い下がった。満里をじゃまっけに思う一方で、ひとりでとびこむ勇気はなかった。

「……でも、……ほこりが」

風が舞《ま》い上《あ》げた枯《か》れ葉《は》が一枚《まい》、満里とあたしの間を横切ってとんだ。

「マスクすれば、だいじょうぶだよ、ほこりぐらい」

簡単《かんたん》にいい切るあたしに、満里が傷《きず》ついた目を向けた。「あっ」と思ったけれど、気づかないふりをして続けた。

「ね、ね、お願い。やろうよ、マネージャー。だって五十嵐《いがらし》さんとふたりじゃ、不安なんだもん」

　あたしは満里の腕《うで》を取って、甘《あま》えてみせた。「五十嵐さんとふたりじゃ不安」というあたしの言葉に、満里は反応《はんのう》した。わかりやすすぎるほどパッと顔を明るくすると、

「五十嵐さん、ちょっとこわいもんね」

と声をひそめた。もういないんだから、ひそめる必要なんてないのに。

「そう。こーんな目で、にらむし」

　あたしは五十嵐あさみのナイフ目をまねてやった。

「きゃははは。遊《ゆう》、うまーい」

　うれしそうに満里は自転車を進めて、あたしの横に並《なら》んだ。

「『バッカみたい』」

　調子にのったあたしは、くちびるをゆがめて、五十嵐あさみの口調をまねた。

「そっくり、そっくり」

　満里は眼鏡《めがね》がずり落ちそうなほど笑い転げている。

　――やったね。

あたしは、熟《う》れすぎた柿《かき》みたいに黒ずんだ夕陽《ゆうひ》を見上げてにんまりした。
――わーい。これでキンちゃんへと一歩前進だ。

3

おばあちゃん

――遅《おそ》くなった、遅くなった。

腕時計《うでどけい》をのぞくと、六時をとうにすぎていた。ダイ、どうしただろう。必死で自転車をとばした。家の駐車場《ちゅうしゃじょう》におばあちゃんの古い軽自動車が止まっていた。

――よかったぁ。おばあちゃんがおむかえ、行ってくれたんだ。

玄関《げんかん》を開けると、めずらしくおいしそうな匂《にお》いが家の中から漂《ただよ》ってきた。酢《す》の匂いも混《ま》ざっている。きれいに掃《は》かれた玄関には、母親の靴《くつ》の横におばあちゃんの幅広《はばひろ》の靴とダイのかかとをふみつぶした運動靴《うんどうぐつ》が並《なら》んでいた。ずっと前からダイの靴は小さくなっているのに、母親は気づいていないのだ。

ほっとすると同時に、ゆううつになった。あたしはおばあちゃんが苦手だ。

「ただいまあ」

自然と用心深い声になった。

「おかえりぃ」

ダイがとび出してきた。

「おばあちゃんが来てるんだよ。お寿司《すし》つくってくれたんだよ！　からあげもあるよ」

ダイは、ほっぺたを真《ま》っ赤《か》にして早口でまくしたてる。

横をすりぬけるあたしに、

「ポテトサラダもだよ！」

「ふうん」

ダイの声が追いかけてきた。

おばあちゃんは、はたらき者だ。てきぱきとなんでもこなす。料理もうまい。助かる一方でうんざりもする。どこか押《お》しつけがましくて、これ見よがしなのだ。「よく見ときなさいよ。これが主婦《しゅふ》の鑑《かがみ》よ」と、いわれている気がする。

そのせいか、おばあちゃんが帰ったあと、必ずといっていいくらい母親は調子を悪くする。まるで小学生みたいにふとんを頭からかぶって、落ちこんでしまう。そんなとき、あたしは母親に同情《どうじょう》する。だって専業《せんぎょう》主婦だったおばあちゃんと違《ちが》って、母親は外ではたらいているんだし、おまけにキャリアが違う。同じようにしろというほうが、無理というものだ。あたしは、家事ができなくても、ごはんをつくれない日があっても、母親の情緒《じょうちょ》が安定しているほうが、よっぽどありがたい。

「ただいま」

台所でバタバタ動き回っているおばあちゃんの背中《せなか》に声をかけた。ガス台の上の鍋《なべ》から、みそ汁《しる》の香《かお》りが立ち上ってきた。たとえおばあちゃんでも、台所に活気があるのは、やっぱりいい。あたしは鼻の穴《あな》をふくらませて匂《にお》いを吸《す》いこんだ。

「あら、遊《ゆう》ちゃん、お帰り」

今気がついたみたいに、おばあちゃんはふりかえった。ダイの声だって聞こえてたはずだし、気づかないわけがないのに、わざとこういう言い方をする。おばあちゃんにしたら無意識《むいしき》なのかもしれないけれど、うっとうしい。

「すぐごはんできるからね」

愛想《あいそ》よくいうのにも、

「うん」

仏頂面《ぶっちょうづら》で答えて背《せ》を向けた。階段《かいだん》を一段《いちだん》上ったところで、

「あの子はずっと反抗期《はんこうき》なのかね」

というおばあちゃんのひとりごとが耳に入った。ドン、ドン、ドン。わざとらしく大きな音を

立てて階段を上った。

　四人でかこむ食卓《しょくたく》は、みょうな緊張感《きんちょうかん》でいっぱいだった。はしゃいでいるのはダイだけだ。母親は皿に盛《も》られたお寿司《すし》には手もつけず、だるそうに食卓に片《かた》ひじついて、あごをあずけている。

「ダイちゃん、お寿司、おかわりするかい？　よそってやろうか」

　おばあちゃんはあたしのほうは見ないようにして、ダイにばかり話しかける。

「うん！」

　ダイは元気よくお皿を差し出した。

「あんた、食べすぎ。三杯目《ばいめ》じゃん」

　低い声で注意したら、

「だって、おばあちゃんのお寿司、おいしいんだもん！」

とダイはとろけそうな笑顔を浮《う》かべた。

「そうかい、そうかい。うれしいねえ。ダイちゃんだけだよ、そんなことといってくれるのは」

　喜んだおばあちゃんは、お寿司の上に錦糸卵《きんしたまご》をたっぷりとサービスしている。ふんっ。調子

いいんだから、まったく。そのとき、

「おばあちゃんは、どうして脇町《わきまち》のおうちなん？」

はしを宙《ちゅう》に浮《う》かせたダイが、突然《とつぜん》そんなことをいい出した。いったい、なにがいいたいんだろう。

「あそこがおばあちゃんの家だからさ」

「だれもいないのに？」

「今はおばあちゃんひとりになっちゃったけど、昔はおじいちゃんもいたし、ダイちゃんのお母ちゃんもあの家で大きくなったんだよ」

「でも、おかーかんは今はこの家なんだから、おばあちゃんも、こっちにくればいいのに」

ぶっと吹《ふ》き出《だ》した。ごはんつぶが食卓《しょくたく》に散った。

「あら、あら」

おばあちゃんはあわててティッシュを取りに立つ。

「そうはいかないよ。あんたたちにはあんたたちの生活があるし、あたしだって、なじんだ家が一番だからね。それにほら、ミーコがいるじゃないか」

渡《わた》されたティッシュでテーブルと自分の口もとをふきながら、あたしはホッとしていた。そうだよ、ミーコがいるじゃん。ミーコはおばあちゃんの飼《か》い猫《ねこ》だ。おばあちゃん以外だれにもなつかない。母親なんかこの間、ふくらはぎにかみつかれて病院に行った。なのに、ダイはしつこくいい募《つの》る。

「でも、おばあちゃんがこっちに来たら、ぼくは毎日晩《ばん》ごはんが食べられるのに」

「え？　毎日晩ごはんが食べられるって、どういうこと？」

おばあちゃんのはしが止まった。バカ！　いらないことというんじゃない！　あたしはテーブルの下でダイの足を蹴《け》った。

「いたい！　ねえちゃんが蹴ったぁ」

「文香《ふみか》、いったいどういうことだい？」

三角の目のおばあちゃんが母親につめ寄《よ》る。

「しんどくて、ときどき夕飯のしたくができないことがあるのよ」

投げやりに母親は答えた。

「しんどくてって……。子どもは成長期だよ。きちんと三度三度のごはんを食べさせるのは、母親のつとめじゃないか」

　母親の呼吸《こきゅう》がだんだん荒《あら》くなっているのが、隣《となり》にすわっているあたしにはわかった。ヤバイ。おばあちゃん、もうやめて。あたしは真向かいの席のおばあちゃんをにらんだ。なのに、

「わたしは、あんたにごはんを食べさせなかったことなんて、いっぺんもないよ」

　おばあちゃんはいい募《つの》り、とうとう母親が切れた。

「お母さんは、いっつもそう！」

　キンキン声でさけんだ。

「『わたしはちゃんとしてるんだから、子どもは子どものつとめを果たしなさい』って、わたしの気持ちなんかおかまいなしに、勉強でも習いごとでも、ぐいぐい押《お》しつけて！」

　ワンセンテンス息が続かなくて、母親は息をつぎつぎ、ようやくいい切った。また救急車さわぎになるのは、ごめんだ。あたしの心臓《しんぞう》はバクバクした。

「わたしだって、わたしだって、ちゃんとしたいと思ってるわよ！」

　うつぶせた腕《うで》に払《はら》われて、お寿司《すし》の皿が宙《ちゅう》を舞《ま》った。皿の割《わ》れる大きな音に、ダイの体が椅《い》子《す》の上ではね上がった。床《ゆか》に色とりどりの具材が散った。玉子、にんじん、しいたけ、エビ。

「ちゃんとはたらいてローン払って、子どもたちに栄養たっぷりのごはんを食べさせてって、そうしたいって、いつもいつも思ってるわよ！　だけど……」

そこでまた息が切れて、母親は苦しそうに顔をゆがませた。

「できないんじゃない！　みんながみんな、お母さんみたいに、できるわけじゃない！」

のどからしぼり出すようにさけぶと、おーおーと声を上げて泣き出した。

母親の涙腺《るいせん》と子どもの涙腺ってつながっているのかもしれない。ダイは「えっえっ」としゃくり上げて泣き出し、信じられないことにあたしの目にも涙《なみだ》がにじんだ。

「……ふう」

おばあちゃんの口から大きなため息がもれた。それから痛《いた》む腰《こし》をかばうように、ゆっくりと床にしゃがみこむと、割れた皿のかけらやあちこちに散らばったお寿司を片《かた》づけはじめた。あたしは急いでゴミ袋《ぶくろ》を取りに立って、おばあちゃんに差し出した。

「ありがとね」

おばあちゃんの声もしめっていた。皿のかけらを拾おうとすると、

「あぶないから、遊《ゆう》はやめとき」

といわれた。それでもあたしは、母親の泣き声をＢＧＭに、床《ゆか》に散らばったごはんつぶやにんじんを、おばあちゃんといっしょに拾い集めた。

おばあちゃんが帰ったあと、食卓《しょくたく》にはお金の入った封筒《ふうとう》がぽつんとおかれていた。

4

部室

得意だったはずの数学が最近苦手になってきた。一次関数が出てきたあたりから、あやしくなった。あたしはつめをかみながら、原田《はらだ》のよく動く口を見つめる。変化の割合《わりあい》がなんちゃらかんちゃら、切片《せっぺん》がどうのこうの。あー、もう面倒《めんどう》くさい。教室を見回すと、みんな静かに授業《じゅぎょう》に集中している。あせる。あたしだけおいていかれる気がして、不安になる。不安を追《お》い払《はら》うために、あたしは心にキンちゃんを呼《よ》び出《だ》す。ボールを蹴《け》ったあと、一瞬宙《いっしゅんちゅう》に浮《う》くしなやかな体。イチョウの葉蔭《はかげ》からあたしを見上げた鋭《するど》いまなざし。笑うとたんに目がなくなって愛《あい》嬌《きょう》たっぷりになる顔。

「ああ」

思わず声がもれた。隣《となり》の席の男子が不審《ふしん》そうにふりかえった。

サッカー部顧問《こもん》の原田に交渉《こうしょう》に行った日から一週間がたっていた。あれから毎日練習を見に行っているけれど、キンちゃんとはまだ口もきけていない。いよいよ今日、あたしとキンちゃんの運命が決まる。糸はつながるのか、それともつながらないのか。ハァー。苦しくなったあたしは、もうひとつため息をもらした。

五十嵐《いがらし》あさみとは、グラウンド脇《わき》の階段《かいだん》で待ち合わせていた。しぶしぶながら、満里《まり》もついてきた。

「金子《かねこ》さんだっけ？　自分もマネージャー志望《しぼう》？」

しぶる満里を説きふせて、ようやくここまで連れてきたのに、五十嵐あさみがいらないことを聞く。満里はなにごとか口ごもりながら、あたしの背中《せなか》にかくれた。

「そ、満里もマネージャー志望」

ぴしゃりといって、あたしはさっさと先頭に立って歩き出した。

歩を進めるごとに、心臓《しんぞう》の鼓動《こどう》が速くなる。試験の前でもこんなに緊張《きんちょう》したことないのに。

野球部が練習している脇をぬけて、ゴールのほうに向かう。

部員たちはウォーミングアップの真っ最中だった。砂《すな》ぼこりを上げながらダッシュしていた。すごい熱気。頭から湯気まで上がっている。見ているだけでわくわくした。あの仲間に入りたい。しびれるように思った。

部室をのぞく。原田はまだ来ていなかった。相変わらずのきたなさだ。床《ゆか》はどろだらけだし、すえたような匂《にお》いもこもっている。

「きったないねえ」

ふりかえると、満里《まり》はタオルハンカチを口にあてて、必死で息を止めている。

「そうじする?」

五十嵐《いがらし》あさみがいった。

「そうだね」

原田はまだ来そうにないし、アピールするいいチャンスかもしれない。部屋を見回すと、隅《すみ》に竹ぼうきが立てかけられていた。床《ゆか》に積もった泥《どろ》やほこりの量からみて、何年も使われた形《けい》跡《せき》はない。

「満里は出てたほうがいいよ」

あたしはぜんそく持ちの満里の体を気づかった。

「そ、そうだね。ゴホ、ゴホ、ゴホ」

答えようとして満里は、激《はげ》しくせきこんだ。

「病気なの?」

五十嵐あさみが小声で聞いた。

「ぜんそく。どこからはじめる?」

あっさり流した。満里のことをよく知らない五十嵐あさみから、あれこれ詮索《せんさく》されたくなかった。満里だってきっといやなはず。それより足のふみ場もないほど散らかった部室をどうするかだ。手のつけようがない。ボールが入ったキャスターつきのカーゴ、ラインカー、積み上げた三角コーン、なにに使うのかわからない棒《ぼう》や、フラフープを小さくしたような輪っか。おまけに片方《かたほう》だけのスパイクや泥のかたまりと化したソックスまで床に散らばっている。

「いったん全部出しますか」

「よし、やろっ」

敵《てき》が強ければ強いほど燃《も》える、というのは格闘技《かくとうぎ》の世界だけの話ではない。あまりのきたなさに五十嵐あさみとあたしのそうじ魂《だましい》に火がついた。

えっさか、ほっさか、えっさか、ほっさか。まるでコマ送りのビデオみたいに、あたしと五十嵐あさみが運び出す荷物を、満里が校庭の隅に並《なら》べていく。

「なにしてるんだ」

練習を中断《ちゅうだん》した部員たちがとんできた。

「あ、あの、あんまりきたないから、そうじを」

口ごもる五十嵐《いがらし》あさみに、

「あーあ、なにがどこにあるか、わからなくなる」

「きたないから部室なんじゃないか」

「やめてくれ。恥《は》ずかしい」

部員たちからブーイングの嵐《あらし》がわき起こった。あたしは革《かわ》のはげたボールを抱《だ》いて、うろうろした。そのときだった。

「ええやん。きれいになって」

よく通る声がひびいた。声の主はキンちゃん。こてこての関西弁《かんさいべん》だ。キンちゃんの声、はじめて聞いた！　ちょっとハスキーで、よく通るいい声だ。かくべつ威圧的《いあつてき》ってわけじゃないのに、みんなを黙《だま》らせる力があった。

「創部《そうぶ》以来、そうじしたことないっていう、ひどい伝説があるし」

「だよな。おれも聞いたことある」

「それより練習もどろうや。大会近いし、時間もったいない」

「おう」

「じゃ、ま、勝手にして」

「ゴールまでダッシュッ！」

部員たちは一斉《いっせい》に全力疾走《しっそう》をはじめた。盛大《せいだい》な土ぼこりが舞《ま》った。「コホ、コホ、コホ」満《ま》里《り》がまた、せきこんだ。

「ふうー」

五十嵐あさみが大きく息を吐《は》いた。

「とりあえず急いで既成《きせい》事実をつくっちゃお」

気合いの入った顔つきにもどると、せかせかとそうじの続きをはじめた。

原田《はらだ》がやってきたのは、ほぼそうじが終わり、道具を中にもどしはじめたころだった。

「なにやってんだ、おまえら」

「そうじしてました」

「勝手なことするなよ。あいつら、いいっていったのか？」

原田の眉間《みけん》にしわが寄《よ》る。

「はい！」

五十嵐《いがらし》あさみがすかさず答え、あたしと満里《まり》は視線《しせん》を泳がせた。

「とにかく前例がないからな。マネージャーの件《けん》はノーだ」

「えー！」

あたしと五十嵐あさみの声が重なった。

「正式なマネージャーじゃなくていいんです。とりあえず勝手にやってるってことで」

五十嵐あさみが食い下がる。

「そうはいってもなあ……」

原田《はらだ》は面倒《めんどう》くさそうにあたしたちを一瞥《いちべつ》し、

「おーい、ドリブル練習行くぞー」

とグラウンドに向かって声をはり上げた。すると、「はいっ」という返事とともに一年生部員がとんできて、積み上げたコーンを運んでいく。

「先生、どう並《なら》べますか」

「とりあえずジグザグコーンからだ」

「はいっ」

すでに原田の意識《いしき》はグラウンドにいっていた。

「明日も来ていいですか？」

食い下がる五十嵐あさみに、

「勝手にしろ」

といい残して、原田はピーッと笛を鳴らしながら駆《か》けていった。

「やったね！」

あたしと五十嵐あさみは腕《うで》を高く上げてハイタッチをした。満里はと横目でうかがうと、あたしたちに背《せ》を向け、「グフ、グフ」と、くぐもったせきをしていた。

その日。結局あたしたちは練習が終わるまでグラウンドにいた。帰れなくなったのは、給水タイムの部員たちの会話が、とてつもなくおもしろかったせいだ。

「あれ？　なんで？　おかんのパンツが入ってる」

体を冷やさないようジャージの上着にそでを通そうとした一年生部員が、すっとんきょうな声を上げた。どうやら洗濯《せんたく》の際《さい》に母親のパンツがそでの中にまぎれこんでいたらしい。

「きゃははは、なにそれ。サイテー」

みんなに笑われ、その子は顔を真《ま》っ赤《か》にしながら大あわてでパンツをリュックに突《つ》っこんでいた。きっと家に帰ったら、母親とバトルになるに違《ちが》いない。続いて、

「こいつの首、パンの匂《にお》いがする！」

べつの部員の大声に、「どこ？」「どこ？」と全員が色めき立った。みんな腹《はら》ぺこなのだ。その子の首筋《くびすじ》に取りついて、かわるがわる匂いをかいでは、

「ほんとうだ！　すっげえー。メロンパンの匂いだ」

と感動している。ただの汗《あせ》と洗剤《せんざい》の混《ま》ざった匂いじゃん、バッカらしー。と思いながら、おかしくてたまらなかった。男子たちのこんなおバカな会話が新鮮《しんせん》で、楽しくて、あたしたちは声を上げて笑い続けた。こんなに腹筋《ふっきん》が痛《いた》くなるまで笑ったのって、いつ以来だろう。調子にのったキンちゃんは、

「こうやったら、もっと匂うんちゃう？」

とその子のジャージの両肩《りょうかた》をつまんで風を送っていた。ふざけて笑っているときのキンちゃんは、左のほおにえくぼが浮《う》かんで、いつもよりずっと幼《おさな》く見えた。

ところが、いざ練習がはじまると、キンちゃんの表情《ひょうじょう》は一変する。目が合ってドキリとした

ときの野生の鋭《するど》さを取りもどすのだ。ミニゲームでも目立っていた。ボールをキープする足さばきの華麗《かれい》さには、サッカーはド素人《しろうと》のあたしでさえ目を奪《うば》われた。集中力がハンパない。

「はぁー、やっぱ福山《ふくやま》くんてカッコいい」

五十嵐《いがらし》あさみは、ゴール前で原田《はらだ》にしごかれている福山くんに見とれていた。三年生が部活を引退《いんたい》した今、ゴールキーパーの福山くんはどうやら次期キャプテン候補《こうほ》らしい。

満里《まり》はと見ると、あんなにいやがってたくせに、なにやら一心にグラウンドを凝視《ぎょうし》していた。

いつのまにか、せきもおさまっている。

「あ、またぬかれた」

とか、

「あーあ、がんばってるのになあ」

とか、ときどきつぶやくのがおかしかった。どうやら、ひとりだけとびぬけて体の小さい一年生が気になるらしい。

すっかり時間を忘《わす》れていた。三人で帰途《きと》につくころには、とっぷりと日は暮《く》れていた。

「楽しかったよねー」

「ハマるね、サッカー部」

今日の満里《まり》はいつもと違《ちが》って、自転車を並《なら》べて会話に加わってくる。

「満里も楽しかったんだ、よかった」

あたしがいうと、

「うん。だってあたし、スポーツは無理って、最初からあきらめてたけど、後方支援《しえん》だったらできるんじゃないかって、今日はじめて気がついた。うれしかった」

と満里はピンク色に上気したほおをかがやかせた。

「そうだよ、そうだよ。そのとおり。いっしょにがんばろうね。金子《かねこ》さん、だっけ?」

と五十嵐《いがらし》あさみが相好《そうごう》を崩《くず》すと、

「満里と呼《よ》んで」

と、きっぱりいった。いつのまにか、ふたりはすっかり打《う》ち解《と》けたらしい。

あたしの下腹部《かふくぶ》がじんと熱を持って、そこから力がわいてくるのを感じた。

——原田《はらだ》がなんといおうと、この三人でサッカー部のマネージャーをやるんだ!

心にかたく誓《ちか》っていた。

いつまでも三人でダべっていたかった。だけど、ポツポツとともりはじめた家々の明かりがあたしを落ち着かなくさせた。きっとダイ、首を長くしておむかえを待ってる。

「悪い。弟むかえに行くから、先に帰るね」

未練を断《た》ち切《き》って自転車にとび乗り、ペダルをふみこんだ。

「あ、遊《ゆう》、明日も行くよね、サッカー部」

たちまち遠くなる五十嵐あさみの声。いつのまにか呼《よ》び捨《す》てに変わっていた。それがわけもなくうれしくて、

「行く、行くー」

元気よく答えた。

ブレーキをきしませ走りこむと、小学校の校庭の隅《すみ》にぽつんと建つプレハブの建物は、電気が消えて真っ暗だった。

――ダイ、どうしただろう。

心臓《しんぞう》がどこどこと打ちはじめる。息が上がって口の中はカラカラに乾《かわ》いていたけれど、一度も自転車を降《お》りることなく、団地《だんち》の坂を上りきった。

「ただいまぁ」

玄関《げんかん》にとびこんですぐにダイの靴《くつ》を確認《かくにん》する。あった！　よかったぁ。安心したとたん、腰《こし》がくだけそうになった。リビングから、生活発表会でやる劇《げき》の台本を暗唱するダイの声が聞こえてきた。

「『おうい　しょくん、われわれは　ついに　かいぶつを　つかまえたぞ！』」

『11ぴきのねこ』のとらねこたいしょうのセリフだ。母親がいるせいか、やけにはり切っている。うまいもんだ。ダイってなかなか役者。

「おかえり。遅《おそ》かったね」

ダイの隣《となり》で宿題ノートにサインをしていた母親がふりかえった。いつも寄《よ》せられている眉根《まゆね》が開いて、顔つきが明るい。

——よかった。今日は調子よかったんだ。

ほっとしたとたん、肩《かた》からカバンがずり落ちた。

「修学《しゅうがく》旅行の積立金、澤《さわ》先生に渡《わた》してくれた？」

「……渡したよ」

おばあちゃんに無理をいって借りたお金だと思うと、一瞬間《いっしゅん》があいた。

「晩《ばん》ごはんはマカロニグラタンだからね」

「やったぁ」

マカロニグラタンはダイとあたしの大好物だ。うれしいと同時に心配がわき上がる。また調子悪くならなきゃいいけど。夕飯をつくれない日が続くと、母親はその反動のように突然《とつぜん》はり切る。そしてまた調子を崩《くず》して寝《ね》こむ。そのくりかえし。

それでも、母親のマカロニグラタンは絶品《ぜっぴん》だった。生クリームを使って、ソースから手づくり。濃厚《のうこう》なのにしつこくはなく、その辺のお店よりよっぽどおいしい。

「おいしーい！　ダイ、おかーかんのマカロニグラタンが世界で一番好き」

出た！　ダイの世界一が。思ってはいても口に出せないあたしを尻目《しりめ》に、ダイはリップサービスに励《はげ》む。

「ぼくが世界で一番好きなサルは、だれでしょう？」

「はいっ。それはおかーかんです！」

ひとりで質問《しつもん》して、ひとりで答えている。気持ち悪いやつ。だけどダイはダイで、無意識《むいしき》のうちに母親の気分を引き立てようと、がんばってしまうのかもしれない。そう思うと、なんだかダイがいじらしくなる。こんなに親に気を使う小学一年生って、ほかにいるだろうか。

母親の機嫌《きげん》がよさそうなのに勇気を得て、あたしは一番の気がかりを口にした。

「ダイのおむかえのことなんだけど、明日からいけないかもしれない」

「なんで？」

サラダを取りわけていた母親の手が止まった。

「サッカー部のマネージャーやることになった」

正確《せいかく》には少し違《ちが》うが、ここはおおげさにいっておいたほうがいい。

「なんでそんなものやるの？」

そういわれると、言葉につまった。どうしようもなくサッカー部と、そしてキンちゃんにひかれていた。だけど、それはいえない。あせったあたしは早口で続けた。

「あたし、部活やってないじゃん。なにかやってないと、高校入試のとき内申が下がるんだって」

口から出まかせだった。だけど教育熱心な母親に、高校入試という言葉は効果《こうか》てきめんだった。

「そうなの？　じゃ、やっといたほうがいいわね。ダイのおむかえは、明日からママががんばって行くようにするわ」

軽いため息とともに母親はいった。母親は自分のことを、「ママ」という。ダイは「おかーかん」で、父親は「お母さん」だ。あたしはなるべく呼《よ》ばない。こんなところも我《わ》が家《や》はバラバラだ。

——よかったぁ。

それにしてもうまくいった。とたんに食欲《しょくよく》全開になったあたしは、皿のマカロニグラタンをばくばくたいらげた。うーん、うまい。あせったダイが、

「おかわり」

と皿を突《つ》き出《だ》すのに、

「はーい」

と、いそいそと母親は取りわけてやっていた。グラタンはあっというまに空になった。

「あと片《かた》づけ、あたしがやるから」

食事のあと、急いであたしは立ち上がった。母親を疲《つか》れさせたくなかったのと、素直《すなお》に「ありがとう。おいしかった」がいえないことへの罪滅《つみほろ》ぼしだ。言葉が足りないぶん、行動で補《おぎな》うしかない。

「そう？　助かるわ。じゃ、ママがお皿ふくね」

流しの前に並《なら》んで立った。ふたりで台所に立つなんて、いつ以来だろう。なんだか緊張《きんちょう》した。

「うそ！　遊《ゆう》ったら、いつのまにかママより背《せ》が高くなってる」

母親の大声にふり向くと、ほんとうだ。わずかに視線《しせん》が下がる。

「ダイ、ダイ、見て、見て。どっちが高い？」

背中合《せなかあ》わせの母親とあたしはダイの前で並んで見せた。

「うーん。ねえちゃんのほうが一ミリ高い」

「やったね」

あたしは両腕《りょううで》を折って、ガッツポーズをした。

「くっそう。腰《こし》の位置は高いし、なんか腹《はら》立つわあ」

まんざら冗談《じょうだん》とも思えない強さで、母親はパシッとあたしのお尻《しり》をたたいた。たたかれてもうれしかった。だって言葉とは裏腹《うらはら》に、母親のあたしを見上げる目がまぶしそうにかがやいていたから。

「あのね、サッカー部って超《ちょう》おもしろいんだよ」

お皿を洗《あら》いながら口が軽くなったあたしは、オカンのパンツ混入事件《こんにゅうじけん》のあらましを母親に語って聞かせた。大うけだった。

「それはひどいねー。ママも気をつけよう」

ヒーヒーいいながら、母親はおなかを抱《かか》えて笑った。母親の笑い声に、「なに、なに」と寄《よ》ってきたダイにもう一度話して聞かせると、母親は、

「あー、サイコー。何度聞いてもおかしい」

とまたまた笑い転げた。ダイには今ひとつおもしろさが伝わらなかったみたいだけど、笑っている母親がうれしいのか、

「きゃははは」

と盛大《せいだい》にうそ笑いをしていた。

ふーう。あたしの口から満足のため息がもれる。

こんな日ばかりだったら、どんなにいいだろう。母親もハッピー、ダイもハッピー、あたしもハッピー、みんな、みんなハッピーなのに。

5

救急外来

サッカー部の連中って、どうしてあんなに熱いんだろう。「サッカー命」って感じ。とくにキンちゃん。観察していると、しゃべってるときも食べてるときも、片時《かたとき》もボールを手放さない。口を開けばサッカーの話ばかり。しかも朝も人一倍早く学校に来て、練習しているらしい。あたしは少々当てがはずれた。キンちゃんに近づきたくて、マネージャーを志願《しがん》したのに、まったく取り入るスキがない。女の子なんか目にも入らないって感じ。

だけど、大きな声を上げながら必死にボールに食らいついていくキンちゃんを見ているのは気持ちがよかった。キンちゃんが走ると、あたしの耳もとで風がうなりを上げる。キンちゃんの体が宙《ちゅう》に浮《う》いて鋭《するど》いシュートを放つと、あたしまでぴょんとはね上がった。

――今はそれで十分。

そう思う一方で、あたしはあせりを感じていた。

通いはじめて一週間。自分たちから志願したものの、マネージャーってなにをやればいいのか、さっぱりわからない。部員たちも、どうつき合えばいいのか、とまどっている。いつもグラウンドの隅《すみ》にかたまって練習を見物しているあたしたちを、見て見ぬふりをしてくれてはいるが、なんとかもっとみんなの中に溶《と》けこみたい。マネージャーの存在感《そんざいかん》を示《しめ》したい。じゃあ、どうすんの？　となると、三人ともまったくお手上げ状態《じょうたい》で、途方《とほう》に暮《く》れるのだった。

　大会も終わり、今度は十二月はじめにある校内マラソン大会に向けて、サッカー部員たちは目の色を変えていた。毎年恒例《こうれい》のこの行事は、運動部対抗《たいこう》マラソンの様相を呈《てい》している。去年は上位入賞者を野球部に独占《どくせん》され、サッカー部は苦杯《くはい》をなめさせられたのだ。だから今年は特に雪辱《せつじょく》に燃《も》えている。

「それだ！」

　あたしはパンッと手を打った。昼休み。今日も三人で頭を並《なら》べて今後の活動方針《ほうしん》について相談していた。

「あたしたちもチームのメンバーとして、マラソンに燃えているところを示せばいいじゃん」

「そっか。ナイスアイディア、遊《ゆう》。よおし、さっそく今日からやろう」

　五十嵐《いがらし》あさみはすぐに乗ってきた。

「でも、……あたし」

「満里《まり》はいいよ。部室で待機。あたしとあさみは体操着《たいそうぎ》に着がえてから、グラウンドに集合。それでいいよね」

「ラジャー」

あたしたちはバシッと手を打ち合わせた。

「よーし、行くぞぉ」

軽いストレッチのあと、福山《ふくやま》くんの合図でスタートした。一年二年合わせて二十二人の部員たちは一斉《いっせい》にグラウンドを出て、雲取山《くもとりやま》に向かって駆《か》け出《だ》した。

——え、いきなり雲取山？

列の最後尾《さいこうび》についていたあたしの顔から血の気が引いた。標高百八十八メートルの雲取山は頂上《ちょうじょう》にとがった石があるだけのなんてことない山だけど、頂上までまっすぐに伸《の》びた石段《いしだん》の直登コースがある。脚力《きゃくりょく》をつけるには最適《さいてき》の、そして最強のトレーニングコースなのだ。昔は修《しゅ》験道《げんどう》の山だったらしく、坊《ぼう》さん転がしの異名《いみょう》がある。

雲取山どころか、グラウンドを出て川土手を走り出したところで、すぐにあたしは後悔《こうかい》した。息が上がって死にそう。ほぼ同時スタートだったのに、サッカー部員たちの姿《すがた》は影《かげ》も形も見えない。

「あさみー、わき腹《ばら》がいたーい」

苦しい息の下であえぎあえぎ訴《うった》えると、

「だよねー。足がつりそう」

と数メートル先を行くあさみも悲鳴を上げた。自慢《じまん》じゃないが、あたしは身が軽くて鉄棒《てつぼう》なんかは得意なくせに、走るのは大の苦手。スタミナが続かない。去年のマラソン大会は、はうようにして、ビリから二番目でようやくなんとかゴールまでたどりついた。走るのを免除《めんじょ》されてる満里《まり》がつくづくうらやましかった。いくらマネージャーの存在感《そんざいかん》を示《しめ》したいからって、あたしってなんて無謀《むぼう》なことを提案《ていあん》したんだろう。

「とにかく、登山口までガンバロー」

「わかったー」

直登コースの石段は下から見上げると、ほんとうに雲まで届《とど》きそうな迫力《はくりょく》で、ドーンと空に向かってそびえていた。

「うっりゃあ」

「ファイトォ、いっぱーつ」

「わっせ、わっせ」

部員たちの思い思いのかけ声が山にこだましている。満里《まり》が応援《おうえん》している小さな一年生までがんばっている。

「はぁー、信じられない。あいつら、超人《ちょうじん》だね」

「はっきりいって、人間じゃないね」

ふもとの石段《いしだん》に倒《たお》れこんだ五十嵐《いがらし》あさみとあたしは、肩《かた》で息をしながら負け惜《お》しみをいった。口だけは元気だ。ふたりそろって石段に体を投げ出し大の字になった。真《ま》っ青《さお》な空に木々の紅葉《こうよう》が映《は》えて美しかった。赤い葉っぱを透《す》かして、木もれ日が全身に降《ふ》り注《そそ》いでくる。えんじ色のジャージの上で踊《おど》るその光のきらめきを見ていると、

「あー、幸せー」

思わず、あたしの口からため息がもれた。

「こんなきれいな景色に包まれてると、体の中の悪いものが全部出て行って、心もきれいになる気がするね」

つい、いつものくせで同意を求めて首を回すと、五十嵐あさみのクールなまなざしにぶつかった。

「なにそれ?」

しまった。相手を間違《まちが》えた。満里だったら、こんなときさっと、「ほんとうだねえ」って
いっしょにため息をついてくれるのに。ところが、あさみときたら、

「おもしろいやつかと思ったら、遊《ゆう》ちゃんて、なんてロマンチストなのぉ」

と、わざとらしく体をよじってからかうのだ。むかついたので、

「じつは、そうなんっすよ。それがなにか?」

と居直《いなお》ってやった。

「くー、ひざが笑うー」
「けつが割《わ》れたー」
ようやくあたしたちの息が整ったころ、口では悲鳴を上げながら顔は笑っている部員たちが
駆《か》け下りてきた。一団《いちだん》となって下りてくる様子は、ヌーの大移動並《だいいどうな》みの迫力《はくりょく》だ。ドドドドー。
あわてて石段の脇《わき》に避難《ひなん》して口を開けて見ているあたしたちに、ひとり遅《おく》れぎみの一年生に
最後尾《さいこうび》で伴走《ばんそう》していたキンちゃんが、声をかけてくれた。

「帰るで」

じーんとしたしびれが脳髄《のうずい》まで駆《か》け上《あ》がった。

「はいっ！」

はじかれたように立ち上がっていた。すぐにキンちゃんを追って駆け出す。

「待ってよー、遊《ゆう》。もう、急に元気になるんだからぁ」

あさみの呼《よ》ぶ声を背中《せなか》に聞きながら、あたしの目はもうキンちゃんしか、とらえていなかった。待って、待って。それなのに、よくはずむキンちゃんの背中はぐんぐん小さくなって遠ざかる一方だ。もうちょっと、もうちょっと。あたしは必死で足を前に進めた。断言《だんげん》できるけど、今までの人生でこれほど必死で走ったことなんてなかった。息ができない。口の中が変な味がする。吐《は》きそう。なのに、足だけは機械的に前へ前へとくり出されるのだ。

バタン！

グラウンドに倒《たお》れこんだら、水筒《すいとう》片手《かたて》に満里《まり》がとんできた。

「遊！　だいじょうぶ？」

頭をひざに抱《だ》いて水をふくませてくれる。これってまるで『走れ、メロス』じゃん。そう思ったら、少し心に余裕《よゆう》ができた。

「五十嵐《いがらし》さんは？」

満里に聞かれてようやく気がついた。

「あ、おいてきた」

「ちょっとぉ。それって、ひどくない？」

「……すぐに帰ってくるよ」

心配そうに川土手を見やる満里に、あたしは軽くいった。

とっくに給水を終えたサッカー部員たちは、それぞれの筋肉自慢《きんにくじまん》に花を咲《さ》かせている。ソックスを足首まで下ろした一年生が、

「見てくださいよ、おれのふくらはぎ。ししゃもみたい」

というと、負けずぎらいのキンちゃんは、

「おれなんかもっとすごいで。子持ちやで」

と、両足のソックスをずり下ろしてみせた。

「うっひゃあ。どんだけ卵《たまご》、入ってるんすかぁ」

一年生部員が大げさにグラウンドにひっくりかえると、キンちゃんはにんまりと会心の笑みを浮《う》かべた。笑うと八重歯《やえば》がのぞいて、とたんに愛嬌《あいきょう》たっぷりの顔になる。確《たし》かにキュッとしまった足首から大きくはり出したふくらはぎは、横から見ると子持ちししゃもそっくりだった。あたしは満里《まり》のひざに頭をあずけたまま、横目でキンちゃんのふくらはぎに見とれた。おさまっていた心臓《しんぞう》のどきどきがまた復活《ふっかつ》した。

「ねえ、遊《ゆう》。五十嵐《いがらし》さん、まだ帰ってこないよ。見に行ったほうがよくない？」

伸《の》び上《あ》がるようにして川土手を凝視《ぎょうし》していた満里が、あたしのジャージのそでを引く。

「だいじょうぶだよ。もうすぐ帰ってくるよ」

そういうあたしも、少々不安になっていた。

「よおし。休憩《きゅうけい》終わり！　全員グラウンド三周」

遅《おく》れてグラウンドに出てきた原田《はらだ》がはり切って号令をかけた。

「ええー、まだ走るんっすかあ」

ぼやきながらも部員たちはバラバラと立ち上がった。「まだまだ行けるぞ」というアピールか、キンちゃんはぴょーんとひとつ、バッタみたいにとびはねた。

　そのころになってようやく、五十嵐あさみの姿《すがた》がグラウンドにあらわれた。足がよろめいて、今にも倒《たお》れそうだ。いつもはキリッとした顔立ちがすっかりやつれて、髪《かみ》の毛《け》もぼさぼさだ。

「あさみ、だいじょうぶ？」

　あわてて駆《か》け寄《よ》り、腕《うで》を取ろうとすると、

「遊ったら、ひどい！」

　思いもよらない激《はげ》しさでふり払《はら》われた。

「なんで、おいてっちゃうのよ！」

　ナイフみたいにとがった目に涙《なみだ》をいっぱいにためて、あたしをにらむので、

「ごめん、ごめん」

　とあわてて謝《あやま》った。ところがあさみは、あたしの言葉も耳に入らない様子で、ぷるぷるとくちびるをふるわせると、

「お、お地蔵《じぞう》さんが」

　といったのだ。へっ、お地蔵さん？

「お地蔵さんの目が動いた」

よっぽどこわかったのだろう、への字にゆがんだくちびるが、今にも泣き出しそうだ。その無防備《むぼうび》な表情《ひょうじょう》が、いつものよろいをまとっているようなあさみと違《ちが》って、ものすごく幼《おさな》く見えた。

「んなわけないじゃん。気のせい、気のせい」

笑いとばそうとするあたしをにらみつけると、

「それはこわかったねえ。かわいそうに」

満里《まり》は急いであさみの肩《かた》を抱《だ》き寄《よ》せ、背中《せなか》をさすりはじめた。あたしのときと違って、あさみはその手をふり払《はら》おうとはしなかった。

「五十嵐《いがらし》さんはまだ引っこしてきたばかりだよ。なのに知らない山においてきぼりにされたら、そりゃこわいよ」

あさみにぴったりと寄りそいながら、満里はあたしに向かってくちびるをとがらせた。

「……ごめん。悪かったよ」

苦い嫉妬《しっと》と疎外感《そがいかん》とを味わいながら、あたしはもう一度謝《あやま》った。いつもだったら、「だって」とか、「そっちだって」とかいうはずの自分が素直《すなお》に謝っていることに、自分でもおどろいた。だけど、なんだか気持ちがよかった。

三人そろっての帰り道。

「遊《ゆう》って、キンちゃんが好きなんだ。おかげで今日はひどい目にあったよ」

くちびるをとがらせて文句《もんく》をいうあさみに、

「自分だって福山《ふくやま》くんが好きなくせに」

と思わずかえしていた。思いがけず打ち明けあう形になって、あたしは浮《う》かれた。

「それにしてもあさみって見かけによらず、こわがり屋さん。『お、お地蔵《じぞう》さんの目が』」

石段《いしだん》での会話のおかえしのつもりでからかったら、バシッと思いっきり肩をたたかれた。

「いたっ！　握力《あくりょく》三十八の人がたたかないでよ」

小さいころから父親に空手を教えてもらっていたあさみは、二学期の体力測定《そくてい》で、握力三十八をたたき出していた。ダントツ女子一位。足がふらついて転びそうになった。本気で抗議《こうぎ》すると、

「ふんっ。そっちが悪いんじゃん。男に目がくらんで友達を見捨《みす》てるなんて、サイテー」

と顔を真っ赤《まか》にして、いいかえされた。それをいわれると一言もない。満里《まり》は下を向いて、くつくつと笑いをかみ殺していた。たたかれてひりひりする肩《かた》をさすりながら、あたしは三人の距離《きょり》が確《たし》かに縮《ちぢ》まったのを感じていた。あさみをこわがっていた満里の顔から緊張感《きんちょうかん》が消えたし、あさみもなんだか毒気がぬけたようにかわいくなった。

「だけど、あさみ、その人をにらむような目つきは、やめたほうがいいと思うよ。だから、変なうわさを立てられるんだよ」

注意すると、

「ふんっ。生まれつきだからしょうがないじゃん。根も葉もないことをいうほうが悪い。オヤジなんかもっとすごいよ。やくざがビビるんだから。ほっぺたに切《き》り傷《きず》がざっくり残ってるしね」

とかえされ、黙《だんま》りこんだ。そういえば五十嵐《いがらし》あさみの父親は警察官《けいさつかん》だった。

スーパーまるやの角で別れるとき、

「あー、足が痛《いた》い。腹《はら》がへった。今日の晩《ばん》ごはん、なにかなあ」

足を引きずりながらのあさみのつぶやきに、

「うちはきっと昨日の残りのおでん。うちのお母さん、おでんだといつも大量につくりすぎるから、三日は連続で食べさせられるんだよね。いやんなっちゃう」

と満里がぼやいた。それってあたしにいわせれば、ぜいたくな悩《なや》み。母親の手づくりおでんなんて、何年も食べてない気がする。

ふたりと別れてひとりになったとたん、「帰るで」キンちゃんの声がはっきりと耳の奥《おく》でこだました。ちょっとかすれたあたしの大好きな声。

――「帰るで」ってことは、あたしたちを仲間だって認《みと》めてくれたってこと？

遅《おく》ればせながら気がついた。

そのとたん、しめつけられるように胸《むね》がうずいた。「帰るで」「帰るで」関西弁《かんさいべん》のやさしいひびきが、何度も胸の中でリフレインする。自転車のペダルをふみこむと、なぜだかまぶたに涙《なみだ》がにじんだ。うれしいはずなのに、なんで？

自分でもよくわからなかった。だけど、どこか甘《あま》やかで気持ちのいい涙だった。

あたしたちの町は、三方を山でかこまれた静かな田園地帯だ。道の両側の田んぼはすでに稲《いね》刈《か》りを終えて、闇《やみ》に沈《しず》んでいる。遠くの山ぎわでホタルみたいに住宅《じゅうたく》の明かりがまたたいていた。野焼きの煙《けむり》がやさしく鼻先をくすぐっていく。群青色《ぐんじょういろ》の空にはシルバー色にかがやく月がかかっていた。

――ああ。

あたしの口から思わずため息がもれた。世界はなんてきれいなんだろう。そして同じこの空の下に、キンちゃんがいて、満里《まり》がいて、あさみがいて、あたしがいる。それがわけもなく、うれしかった。あたしは両手を広げて、世界を抱《だ》きしめたい気分だった。

「キンちゃんが好きだー。好きだ、好きだ、好きだー」

だれもいないのを幸いに、大声でさけびながら、あたしはサドルから腰《こし》を浮《う》かせて強くペダルをふみこんだ。パンパンにはったふくらはぎが悲鳴を上げた。

リビングの明かりが、お隣《となり》との境《さかい》の塀《へい》に反射《はんしゃ》していた。

「ただいまぁ」

くんくん。くせでつい鼻をうごめかせてしまう。期待した匂《にお》いはなかった。

――満里の家は、きっとおでんの匂いが充満《じゅうまん》してるんだろうなあ。

疲《つか》れきった体から、ますます力がぬけていった。

「お帰りぃ」

ダイがテレビの前のソファにぼんやりすわっていた。なんだかいつもと顔が違《ちが》う。

「あれ？」

のぞきこんで気がついた。目が二重《ふたえ》になっている。いつもは一重のダイのまぶたが二重になるのは、調子が悪いときだ。そういえば顔色も悪い。

「どうした？　ダイ。しんどいの？　お母さんは？」

ダイは目をふせ、首をふった。どっちの問いへの答えかわからない。あたしは近寄《ちかよ》ってダイのおでこに手を当てた。熱い。

「……熱あるじゃん」

あわててカップボードの引き出しから体温計を取り出して、ダイのわきの下にあてがった。

ピッ。すぐに電子音が鳴った。

「三十九度！」

あたしはうろうろとダイの周りを回った。どうしよう、どうしよう。とりあえず、「熱ピタシート」だ。冷蔵庫《れいぞうこ》のドアポケットに入っているシートを取り出して、ダイのおでこにはってやった。はるとき、手にかかるダイの息が熱かった。

「横になったほうがいいよ」

あたしはソファにダイを横たえ、二階のベッドから毛布《もうふ》を取ってきてすっぽり包んでやった。

「だいじょうぶ？」

目をつぶったダイがこくんとうなずいた。体がこきざみにふるえて、いかにもしんどそうだ。

「お母さんは？」

ダイはゆっくりと首を寝室《しんしつ》のほうに向けた。

「お母さんに、しんどいっていったの？」

ふたたび目を閉《と》じ、首をふる。

「……そっか」

しんどいのを我慢《がまん》してずっとテレビの前にすわってたダイを思うと、悪いことをしたような気分になった。キンちゃんのことを考えて浮《う》かれてた自分が恥《は》ずかしい。

「……お母さん」

ふすまごしに声をかけた。

「ダイ、熱がある」

「……何度？」

くぐもった声が答えた。

「三十九度」

すぐにがらりとふすまが開き、ジャージ姿《すがた》の母親が出てきた。しばっていない髪《かみ》の毛《け》がぼさぼさに乱《みだ》れている。眉間《みけん》には深いしわ。

「ダイ、だいじょうぶ？」

ソファにかがみこんでダイのおでこに手を当てると、母親が起きてきたことで少し生気を取りもどしたのか、

「おかーかん、それダジャレ？」

とダイが聞いたので、こんな場面にもかかわらずあたしと母親は吹《ふ》き出《だ》した。ところがそのとたん、「うっ」と体を反転させたダイが、床《ゆか》の上に吐《は》いた。

「大変。病院行かなきゃ」

うろたえる母親と、ぞうきんを取りに走るあたし。

携帯《けいたい》を取り出したあと、しばらく母親は躊躇《ちゅうちょ》した。

「どうしよう。パパは県外だし、……おばあちゃんに車出してもらうしかないけど」

どうやら先日けんか別れしたばかりだから、おばあちゃんには頼《たの》みにくいらしい。テーブルの上にぽつんとおかれた封筒《ふうとう》を思い出して、あたしも心が重くなった。だけど、ダイが……。

「あたしがかけようか？」

考えるより先に口が動いていた。

「かけてくれる？」

すがるような目であたしを見上げ、母親は携帯を差し出した。

一時間もしないうちにおばあちゃんの軽自動車が玄関先《げんかんさき》に止まる音がした。身じたくを整えた母親が、ダイを抱《だ》きかかえてとび出した。こんなときには、どこからどう見ても病人には見えない。

「お母さん、あたしは？」

たずねると、

「いっしょに来て」

というので、急いで後部座席《ざせき》に乗りこんだ。おばあちゃんの車は、湿布《しっぷ》と猫《ねこ》えさの混《ま》ざった複《ふく》雑《ざつ》な匂《にお》いがした。

市民病院の救急外来はごったがえしていた。人、人、人。受付をすませるだけでひと苦労だった。

「救急外来がこんなに混《こ》んでちゃ、救急になんないじゃないか」

「一時間半待ちだって」

ぐったりしたダイを真ん中に、母親とおばあちゃんは心配そうに話している。やっぱり親子だ。けんか別れしたことなんか、すっかり忘《わす》れているみたいだ。

あたしはぼんやり周囲を見回した。小さい子連れが圧倒的《あっとうてき》に多いが、大きなおなかを抱《かか》えた妊婦《にんぷ》さんやお年寄《としよ》りもいる。

前の長椅子《ながいす》に、老夫婦《ろうふうふ》がすわっていた。そのあたりから、ツンと鼻を突《つ》く匂いが漂《ただよ》ってくる。ダイがおねしょをしたときの匂いだ。あたしは思わず息を止めた。

「だいじょうぶか？　しんどいか？」

おじいさんがごつごつした大きな手でおばあさんのやせた肩《かた》をなでていた。

そのうちおじいさんが席を立つと、

「どこ行ったん？　おじいさん、どこ行ったん？」

おばあさんはたちまち落ち着きをなくして、大きな声を上げてさわぎはじめた。

「お手洗《てあら》いに行かれたんだと思いますよ。すぐ帰ってこられますよ」

隣《となり》にすわった親切そうなおばさんがいくらなだめても、おばあさんは耳に入らない様子で、

「おじいさん、どこ行ったん？」

と、くりかえしながら立ち上がって、地団駄《じだんだ》をふみ出した。

あたしは当惑《とうわく》した。どうしよう。なにかいってあげたほうがいいのかな？　母親を見ると、母親もとまどったように目を泳がせている。そのとき廊下《ろうか》の向こうから、前のめりになったおじいさんが、駆《か》け足《あし》でもどってきた。

「どしたんや。心配ない。ここにおるで」

その声を聞いたとたん、おばあさんは安心したようにほっと顔をゆるめ、

「どこに行っとったん」

と小さい子みたいな甘《あま》え声《ごえ》を出した。

「便所行くいうたやないか」

おじいさんはやさしくおばあさんの手を取ってさすっていた。あたしはそんなふたりから目を離《はな》すことができなくなった。激《はげ》しく心をゆさぶられていた。さっき息を止めたことが恥《は》ずかしくなった。

——愛し合ってるんだ。

ふたりの結びつきの強さに圧倒《あっとう》されていた。あたしは呆《ほう》けたように口を開け、うしろの席からふたつの白髪頭《しらがあたま》をじっと見つめた。

ダイは風邪《かぜ》からくる胃腸炎《いちょうえん》だとかで、心配ないとの診断《しんだん》だった。

「よかった、よかった」

帰りの車の中は安堵感《あんどかん》に満ちていた。夕飯がまだだったあたしたちのために、おばあちゃんが持ち帰りのお寿司《すし》を買ってくれた。車の中に漂《ただよ》う酢《す》の匂《にお》いに、あたしはつばを飲みこんだ。

そのとたん、ぐーっと盛大《せいだい》にあたしのおなかが鳴って、「もう遊《ゆう》ったら、わかりやすすぎー」

と母親とおばあちゃんが声をそろえて笑った。注射《ちゅうしゃ》が効《き》いたのか、ダイは後部座席《ざせき》であたしのひざに頭を乗せたままねむってしまった。

6

マラソン大会

「遊《ゆう》と満里《まり》はいいなあ。福山《ふくやま》くんと同じクラスでさ」

ほっぺたをふくらませたあさみが、さかんにぼやく。雲取山《くもとりやま》以来、あさみの顔からとげとげしさが消えて、表情《ひょうじょう》も口調もどんどん子どもっぽくなっていく。

原田《はらだ》から許可《きょか》が出ていないにもかかわらず、あたしたちは毎日サッカー部の部室に押《お》しかけていている。押しかけ女房《にょうぼう》ならぬ押しかけマネージャーだ。

「そっちこそ、うらやましいよ。キンちゃんと同じクラスなんて」

竹ぼうきで部室の床《ゆか》の砂《すな》をかき出しながら、あたしもぼやいた。

いよいよマラソン大会が一週間後にせまっていた。サッカー部の走りこみにますます力が入る。野球部だって負けていない。たがいの動向をうかがいつつ、相手がグラウンドを十周すれば、自分たちは十五周走る。二十周すれば二十五周。どんどんエスカレートしてエンドレスだ。

そのぶん肝心《かんじん》のサッカーの練習時間が短くなるが、マラソン大会にかける部員たちの意気ごみを知っているだけに、原田も黙認《もくにん》している。

「タイム、はかろうよ」

いい出したのは、満里だ。

「タイムが出れば、もっとやる気出るじゃん」

満里にはめずらしく積極的だ。

「そうだね。それってマネージャーの仕事だよね!」

あさみが、ぽんっとひざを打った。マネージャーをやりたいといいながら、あたしたちはマネージャーの役割《やくわり》がわかっているわけではなかった。ただ練習を見物したり、部室をそうじしたりするだけではつまらない。なんとか仲間に食いこみたい。そう思って参加した走りこみは、完璧《かんぺき》に失敗だった。きつすぎて、体力的に無理。

「いいじゃん、いいじゃん。やろう、やろう」

あたしも燃《も》えてきた。

はり切った満里が、数学のノートをびりっとやぶいた。

――お、気合い入ってる。

わくわくしてきたあたしの口から笑いがもれた。

「くけけけ」

「またあ、遊ったら。気持ち悪いからそのカエル笑いはやめてっていってるでしょ」

思いっきり顔をしかめられた。

満里《まり》は一年生部員から順に名前を書きこんで、タイム表を作成していく。満里って、宿題は面倒《めんどう》くさがるくせに、こういうことは苦にならないらしい。それよりなにより、いつも五十嵐《いがらし》あさみとあたしの陰《かげ》にかくれて、あまり乗り気じゃなさそうに見えた満里が、いつのまにか部員全員の名前を覚えていることにびっくりした。あたしなんてキンちゃんしか見ていないから、まだ顔と名前が一致《いっち》しない部員がいっぱいいる。

「問題はコタちゃんだよね」

「え、コタちゃんて?」

満里はすっと腕《うで》を伸《の》ばして、グラウンドをランニング中の部員の群《む》れからひとりだけ遅《おく》れて走っている、ひときわ小柄《こがら》な少年を指差した。

——あの子、コタちゃんていうのか。

雲取山《くもとりやま》のときもキンちゃんがつきそって、最後尾《さいこうび》を走っていた。

「体小さいし、体力ないんだよねえ。だけど、サッカーやれるのがうれしくてたまらないって感じで、手をぬかないんだよねえ」

満里は小さな弟を見守る姉のようなやさしいまなざしで、コタちゃんの姿《すがた》を追っていた。

「あの子も小児《しょうに》ぜんそくで入院したことがあるんだって。時期は違《ちが》うけど、あたしと同じ病院なんだよ。でも自分で病気を乗りこえようとしてるとこ、えらいよね。尊敬《そんけい》する」

満里ってなんて素直《すなお》。すごいって思ったら、一年生だって尊敬しちゃうんだ。それにしても、ふたりはいつ話したんだろう。

「よし、できた。じゃ、みんなが帰ってきたら提案《ていあん》してみてよ」

「わかった。あたしから福山《ふくやま》くんにいうね」

五十嵐あさみがはり切っていった。あさみって、すごく積極的。福山くんに対しても、ほかの部員の前でも自分の気持ちをかくそうともしないし、チャンスを見つけてぐいぐいいく。あたしは、そんなあさみがまぶしい。あたしはだめだ。キンちゃんの前だと体が硬直《こうちょく》して、なにもいえなくなる。

「コクればいいじゃん」

あさみは簡単《かんたん》にいうけど、そんなこと、とんでもない。あたしにしたら、宇宙《うちゅう》旅行のほうがまだ可能性《かのうせい》があるってもんだ。

「タイムはかってくれるって？　いいな、それ」

「ね、ね、ナイスアイディアでしょ」

「近すぎ」とつっこみを入れたいほど大接近《せっきん》してのあさみの提案《ていあん》に、福山《ふくやま》くんは顔をかがやかせた。さも自分のアイディアみたいな言い方にカチンときたけど、満里《まり》は気にしていない様子だ。

「いいよな」

と、ふりかえって同意を求める福山くんに、全員がうなずいた。

「よしっ。じゃ今から雲取山《くもとりやま》コース行くぞ」

「おお」というおたけびと、「えー」というブーイングが半々だった。コタちゃんは、「おー」と細い腕《うで》をふり上げていた。

「ふふ、なんかかわいいね」

あたしは満里と顔を見合わせ微笑《ほほえ》んだ。

「チワワみたい」

つけたすと、

「コタちゃんは犬じゃない！」

と思いっきりぶっとばされた。

五十嵐《いがらし》あさみがラインカーで引いたスタートラインの前に、全員が並《なら》ぶ。

「ようい、スタート！」

あさみの合図で二十二名が一斉《いっせい》に走り出した。舞《ま》い上《あ》がった土ぼこりに満里がせきこみながら、クリップボードに止めたタイム表をにらむ。なんだか満里が一番マネージャーらしい。

「ね、ね、だれが一番と思う？　やっぱ福山くんだよね」

「ちっちっち。キンちゃん以外いないっしょ」

あたしと五十嵐あさみは、「福山くんだ」「いや、キンちゃんだ」といい合った。こうしていると、家のこととか、母親のこととか、うっとうしいことは全部忘《わす》れていられる。あたしはわくわくしながら、オレンジ色をまぶしはじめた土手沿《ぞ》いの道を見つめた。

そのとき、けたたましい音を立てて救急車が走り去った。

あたしの心臓《しんぞう》は、どくんとはね上がる。

家の方角じゃないことを確認《かくにん》して、ようやくこわばっていた肩《かた》をおろした。

一番はあたしの予想通りキンちゃんだった。二十八分三十秒。

「ふふん」

あたしは、あさみにドヤ顔をしてみせた。二番は福山《ふくやま》くん。ラストはやっぱりコタちゃんだった。なのに、みんなから、「小太郎《こたろう》、えらい、えらい」と声をかけられたり、頭をなでられたり、一番の殊勲《しゅくん》選手のような歓迎《かんげい》を受けていた。そうか、コタちゃんは小太郎《こたろう》って名前なんだ。四十五分二十五秒。満里《まり》は、タイム表のコタちゃんの欄《らん》に筆圧《ひつあつ》の強い字で書きこんだ。

——いいな、いいな、サッカー部。

あたしはますますサッカー部にのめりこんでいく自分を感じていた。

マラソン大会当日。

あたしと満里とあさみは、前夜、満里の家に集まってつくったお守りを、サッカー部全員に配って回った。満里のおばあちゃんにもらった千代紙を台紙にはり、必勝と書いてキラキラシールでデコった。夜の九時近くまでかかったので、満里のお母さんが母親に断《ことわ》りの電話を入れてくれた。

「ありがとう」

照れながらも全員、うれしそうに受け取ってくれた。コタちゃんがまだ声変わりしていない甲高《かんだか》い声で、「うわ、手づくり？　すごい。心がこもってる。ありがとう」と両手で受け取ってくれたのがうれしかった。

問題はキンちゃんだ。あたしは、「遊《ゆう》、いけ、いけ」「ガンバ」とあさみと満里にさかんに尻《しり》をたたかれ、ドンッと二組の教室に押《お》しこまれた。

にもかかわらず、窓辺《まどべ》の席でふざけているキンちゃんを目にしたとたん、おじけづいて逃《に》げ出《だ》してしまった。最後は、とうとうあさみに頼《たの》んでしまった。つくってるときには、「ぜったいに自分で渡《わた》すんだ」って、かたく決心してたのに……。くすん。あーあ、あたしって、だめなやつ。

あさみは堂々と、「これ、心をこめてつくったんだ。がんばって」って福山《ふくやま》くんに直接《ちょくせつ》手渡していた。あさみのあの自信と積極性《せっきょくせい》はどこからくるんだろう。あたしは、それがうらやましくてたまらなかった。

結果は、サッカー部の圧勝《あっしょう》だった。十位以上の上位入賞者のうち、七人がサッカー部だった。あたしは、お守りをキンちゃんに直接手渡《てわた》せなかったくやしさを挽回《ばんかい》しようとがんばったおかげで、去年から順位を五人も上げて、ビリから八番目。

放課後の部室は、当然のようにめちゃくちゃ盛《も》り上《あ》がった。プロ野球のビールかけをまねて、水筒《すいとう》のお茶を頭からかけ合っている連中もいた。バッカらしー。でも男子たちのこんなバカさわぎは見ているだけで楽しい。心の底から笑える。

そこへ原田《はらだ》が、

「学校には、ないしょだぞ」

といって、ドーナツを差し入れてくれたものだから、

「うおー」

と部室がゆれるほどのおたけびが上がった。

「しー、しー。ひとり一個《こ》ずつだぞ」

隣《となり》の野球部を気にして、原田はしきりにくちびるに指を当てた。

「先生、二十五個あるんすけど」

群《むら》がる部員を制《せい》しながら数を数えていた福山《ふくやま》くんが、けげんそうに顔を上げた。

「女子が三人いるだろが」

原田の言葉に、固唾《かたず》を飲んで見守っていたあたしたちも、「キャーッ」と黄色い声を上げた。

やるじゃん、原田。あたしはちょっと原田を見直した。

ミスドのドーナツなんてひさしぶり。「おひさしぶりでーす」心の中でドーナツにあいさつしながらひと口かじると、サクッとした歯ざわりとともに、ほっぺたがじーんとしびれるような甘味《あまみ》が口中に広がった。パッと目が開いた。スイーツって、体だけじゃなく脳《のう》みそにまで効《き》く。くー、幸せ。思わずあたしの口から、「くけけけけ」と笑い声がもれた。すると、

「え、先輩《せんぱい》、『くけけけけ』って、なんすか、その笑い方」

ぎょっとした表情《ひょうじょう》のコタちゃんに思い切り引かれてしまった。

——しまった。

あたしは耳まで赤くなった。

そしたら、ドーナツをぺろりとたいらげて、指についた砂糖《さとう》をなめていたキンちゃんがこっちをふり向いて、

「かわいいやん」

と、さらりとつぶやいたのだ。

あたしのほっぺたは炎上寸前《えんじょうすんぜん》。体中の血がすごいスピードで顔に集結してくる。肩《かた》をすぼめられるだけすぼめてドーナツをかじっているあたしの腕《うで》を、満里《まり》がひじでちょんちょんとつついた。反射的《はんしゃ》につねると、

「いったーい。遊《ゆう》ったらひどーい」

と悲鳴を上げられた。

「マラソン大会も終わったし、明日から冬季リーグに向けてまっしぐらだぞ。いいな」

顧問《こもん》らしく原田が檄《げき》をとばすと、

「ういーす」

せまい部室に勇ましい声が反響《はんきょう》した。戸外にくらべて確実《かくじつ》に五度は高いと思われる部室の空気に汗《あせ》ばみながら、あたしの胸《むね》はドーナツみたいにふくらんでいた。

――この子たちとずっといっしょにいたい。

せつないくらいにそう思った。

7

キンちゃんのおにぎり

「疲《つか》れて帰ってんだから、カンベンしてくれよー」

リビングから父親の悲鳴のような声がもれてくる。あたしは英単語を書き連ねていた手を止め、思わず耳をすませた。母親の声は聞こえてこない。

「おれだって、ぎりぎりでふんばってんだよ」

父親の声が裏《うら》がえる。

八時すぎ、三人で食卓《しょくたく》をかこんでいたときだ。突然《とつぜん》父親が帰ってきた。

「ちちだぁー」

はじかれたように椅子《いす》からとび降《お》りたダイは、父親のおなかに突進《とっしん》した。

「おおー、ダイ、大きくなったなあ」

父親は両手でダイの髪《かみ》の毛《け》をくしゃくしゃにした。しばらく見ないうちに、かがんだ父親の頭頂部《とうちょうぶ》がずいぶんうすくなっていた。

「どうしたの？　急に」

母親は不安そうに眉根《まゆね》を寄《よ》せた。

「急に本社に呼《よ》び出《だ》されてな。お、シチューか。おれのぶんもあるか」

「あるわよ。食べる？」

四人で食卓をかこむのはひさしぶりだった。浮《う》かれに浮かれたダイのおしゃべりが止まらない。

「ちち、ウルトラマンの怪獣《かいじゅう》、どれだけ知ってる？」

「ウルトラマンの怪獣かあ。えーと、ピグモンだろ、エンペラー星人だろ」

「じゃあ、どの怪獣が一番好き？」

「そうだなあ。なにかなあ」

のってきた父親がしばらく考えた末、

「やっぱりゴモラかな」

と答えると、ダイは、

「ゴモラの武器《ぶき》はしっぽなんだよね。ビュイン」

とうれしそうに腕《うで》をふり回した。

「ところでダイは、なにが好きなんだ？」

父親に聞きかえされたダイは、

「ゼットン！」

と間髪《かんはつ》いれず答え、

「だって、宇宙《うちゅう》で一番強いんだよ」

と鼻の穴《あな》をふくらませた。

ふたりの会話にまったくついていけない母親とあたしは、黙々《もくもく》とシチューを口に運んだ。ダイの興奮《こうふん》ぶりを見ていると、どれだけ男同士の会話に飢《う》えていたのかがよくわかる。無理もない。隣県《りんけん》の出張所《しゅっちょうじょ》から父親が家に帰ってくるのは、せいぜい月に一度だ。

ごはんのあとも、くっつき虫みたいに離《はな》れようとしないダイにてこずりながらも、父親はいっしょに風呂《ふろ》に入り、絵本を読んでやっていた。いつもの就寝《しゅうしん》時間を大幅《おおはば》にすぎてから、ようやくダイは満足そうな顔をして寝《ね》ついた。

階下からは、まだぼそぼそと話し声が聞こえてくる。

「春から遊《ゆう》も受験生だし、塾《じゅく》に行かせなきゃ」

「塾って、あいつよくがんばってるじゃないか。自力じゃだめなのか」

「今時の受験はそんなんじゃ間に合わないのよ。どうしても公立に入ってもらわなきゃ、我《わ》が家《や》は破産《はさん》よ」

「塾って、どのくらいかかるんだ？」

「月に二万くらい」

「そんなにするのか？」

父親の大声に身が縮《ちぢ》んだ。満里《まり》もあさみも塾に通っている。行きたかったけど、ずっといい出せなかった。もう聞きたくない、聞きたくない、聞きたくない。父親と母親がお金のことでいい争うたび、あんたがリスクと責《せ》められてる気がして、消えてしまいたくなる。シャーペンをにぎる手に力がこもり、音立てて芯《しん》が折れた。

——どうしてうちは、こんなに余裕《よゆう》がないんだろう。

突然《とつぜん》わき上がった疑問《ぎもん》に涙《なみだ》ぐみそうになる。あたしは耳をふさいで単語帳の上に突《つ》っぷした。

——こんな家、大っきらいだ！

くやしかった。くやしくてくやしくて暴《あば》れ出《だ》しそうだった。だけど、このくやしさを一体だれに、なににぶつければいいのかわからなくて、それがまたくやしくて、くちびるをかんだ。

つまるところ、母親は臆病《おくびょう》なのではないか？　このごろそんな冷めた目で母親を見ている自分がいる。外に一歩も出ようとしないで、自分でつくったせまい枠《わく》の中で堂々めぐりをしては、ひとりで苦しんでる。思い切って、とび出せばいいのに。そうしたら新しい世界が開けるかもしれないのに。あたしにとってのサッカー部みたいに。

それでも母親がしんどそうにしていると、あたしはじっとしていられなくなる。なにかしてあげたくて、ひたすらあせる。そうすると今度は、自分まで出口のない世界に取りこまれるんじゃないかと、こわくなるのだ。

——自由になりたい！　からみついてくるものをすべて、ぶっち切りたい！

あたしは、体の奥《おく》からわき上がるマグマを持てあまして、奥歯《おくば》をかみしめた。

——でも、それって自己《じこ》チューなんだろうか。

カーテンを引いていないせいで鏡になったガラスに、キンちゃんが映《うつ》った。

サッカーをしているときのキンちゃんは、自己チューのかたまりだ。激《はげ》しく体を使って、がむしゃらにボールに食らいつき、ゴールめざして突進《とっしん》する。きわどいチャージでフリーキックを取られる率《りつ》も、キンちゃんがピカ一だ。だけど、あたしはそんなキンちゃんが好きだ。見ていると、スカッとする。わがままにゴールを目指していいんだ、自分を貫《つらぬ》いていいんだと、強く背中《せなか》を押《お》してもらってる気がする。キンちゃんはあたしの希望の星だ。

「遊《ゆう》、起きてるか」

ドアの向こうから、くぐもった父親の声がした。

「起きてる」

声がしめっていないか気をつけながら答えた。

「ちょっと、いいか」

「いやだ」と答える間もなく、細く開けられたドアからすべりこむように、父親が入ってきた。

すり切れたパジャマ姿《すがた》の父親は、いつにも増《ま》して疲《つか》れて見える。「ちちと結婚《けっこん》する」そう宣言《せんげん》していた幼《おさな》い日の自分を消しゴムで消したくなった。

「お母さん、いつもああなのか？」

ため息とともに聞かれた。

「だいたい」

ふてくされた声が出た。

「めしは？　つくってるのか？」

「つくったり、つくらなかったり」

「つくらないときは、どうしてるんだ？」

父親の目がゆらぐ。

「食べたり、食べなかったり……」

あたしが投げやりに答えると、

「……そうか」

といって父親はあたしのベッドに腰《こし》かけ、両手で頭を抱《かか》えこんだ。

「……母さんにいうと、また以前みたいにパニックになるかもしれないから、いえなかったけど……」

父親のくぐもった声が続ける。

「今いる営業所《えいぎょうしょ》が閉鎖《へいさ》になるかもしれない」

え？　それってどういうこと？

「今日、本社に呼《よ》ばれて最後通告を受けた。売り上げが上がらなくてな」

「くびになるの？」

心臓《しんぞう》の動悸《どうき》がおそろしいくらい速くなった。家はどうなるの？　今でも大変なのに……。高校は？　あたし、高校行けるの？　あたしは、将来《しょうらい》へのドアがパタパタと音立てて閉《と》じられるのを感じた。

「いや、そこまではいかない。どこかもっと遠いところにとばされるか、本社に呼びもどされるか、どっちかだろう。おれは部長には評価《ひょうか》されてるから、きっと悪いようには……」

父親の声が海の底からひびくみたいに遠ざかり、あたしは知らず知らず泣いていた。ポタポタ、ポタポタ。大粒《おおつぶ》の涙《なみだ》が単語帳にしみをつくる。

そんなあたしに、父親はあわてた。

「す、すまん、遊《ゆう》。だいじょうぶだ。父さん、がんばるから。おまえたちに心配はかけないから」

これだけ心配させといて、今さらそれはないだろう。

「悪かった。父さんが悪かった。ついな、ぐちをこぼす相手を間違《まちが》えてるよな。ごめん、ごめん」

父親があたしの肩《かた》に手をおいた。ぶるっと悪寒《おかん》が走り、全力で払《はら》いのけた。

「……出てって」

「え？」

「出てって！」

しぼり出すような声とともに、机《つくえ》の上にあった鉛筆《えんぴつ》けずりを腕《うで》で払《はら》いのけた。大きな音を立てて落ちた鉛筆けずりから、けずりかすが床《ゆか》に散らばった。

「わかった、わかった。出て行くよ、出て行くから」

あわてふためいた父親は、ゴムの伸《の》びたパジャマのズボンを引き上げながら、そそくさとドアに向かった。出て行きぎわ、

「悪かったな、勉強のじゃましたな」

と力なくつぶやいた。肩《かた》を落としたうしろ姿《すがた》が悲しかった。

ドアの閉《し》まる音と同時に、

「わあー！」

あたしは机に突《つ》っぷし、号泣《ごうきゅう》した。

十四歳《さい》ってまだ子どもじゃないのか。なんのくったくもなく、大きな口を開けて笑ってってい

い年ごろじゃないのか。どうして子どもでいさせてくれないの！

ひゅーひゅーと胸《むね》の中を風が吹《ふ》き荒《あ》れる。その音を聞きたくなくて、あたしはふるえる指でCDプレーヤーのスイッチを押《お》した。ファンキーモンキーベイビーズのやわらかな歌声が、たちまち部屋の空気をあたためてくれる。そうしてようやくあたしは、息をつぐことができた。

越《こ》えられない高い壁《かべ》は　ぶつかってぶっ壊《こわ》して
前に進んでけばいいさ　oh oh oh oh
強靱《きょうじん》な向かい風は　背中《せなか》で受け止めて
追い風にすればいいさ　oh oh oh oh

音楽はいい。ざらついた心をやさしく包みこんでくれる。今日をやりすごして明日へ進めと、そっと背中を押してくれる。この世に音楽があってよかった。

翌朝《よくあさ》、鏡を見てギョッとした。まぶたがはれて、いつもは奥二重《おくぶたえ》の目が一重になりかかっている。髪《かみ》の毛《け》はおかしな方角にピンピンはねて、水をつけてもどうしても直らない。

——ひどい顔。

起きたばかりだというのに、すでにあたしは今日という日に絶望《ぜつぼう》した。

父親も母親もまだ寝《ね》ているのか、リビングは静まりかえっている。夕べ泣きながらそのまま寝てしまったせいで、いつもより早く目が覚めてしまった。登校時間まで、まだ一時間もある。

——あー、学校休みたい。行きたくない。

だけど、親と顔を合わせるのもいやだった。

しかたなく、あたしは家を出た。冷たい空気がのどを通過《つうか》して、するっと肺《はい》にまで入りこんだ。せきといっしょに身ぶるいが出た。まだ明けきらない空に朝霧《あさぎり》が漂《ただよ》っていた。田んぼをかこんで用水路のはりめぐらされているこのあたりでは、寒暖《かんだん》の差の激《はげ》しい朝、よく朝霧が出る。

見慣《みな》れた風景が乳白色《にゅうはくしょく》の霧《きり》に包まれると、まるで知らない外国の町に迷《まよ》いこんだみたいで、わくわくする。ところが数十センチ先の視界《しかい》まで閉《と》ざされてしまうから、危険《きけん》きわまりない。キキキー、キキキー。ブレーキ音をひびかせながら、行き場のないあたしは学校に向かってのろのろと自転車を走らせた。途中《とちゅう》、霧の中からあらわれたサギが、ギャーというけたたましい声を上げてとび立ったので、あやうく自転車ごと用水路に突《つ》っこみそうになった。そのとき突然《とつぜん》、まるで天からの声みたいにひらめきが走った。

——そうだ。キンちゃんの朝練を見に行こう。

思いついたとたん、体中に力がみなぎった。ほんとうは朝練の時間までは校内に入れないんだけど、キンちゃんはそれより早くグラウンドにもぐりこんで練習してると聞いたことがある。もちろん校則違反《こうそくいはん》。先生に見つかったらしかられる。あたしはサドルから腰《こし》を浮《う》かせ、思い切りペダルをふみこんだ。

駐輪場《ちゅうりんじょう》に着いたときには、すっかり汗《あせ》ばんでいた。いつもはびっしりとすきまなく自転車が並《なら》んでいる駐輪場は、ガラガラだった。山の稜線《りょうせん》から少しずつピンクオレンジがにじみはじめていた。

ボンッ、ボンッ

グラウンドの方角から、ボールを蹴《け》る音がひびいてくる。

——いる！

とたんにあたしの胸《むね》ははね上がった。霧にまぎれるようにグラウンド脇《わき》のプラタナスまで走り、太い幹《みき》の陰《かげ》に身をかくした。

朝霧《あさぎり》の流れるグラウンドで、キンちゃんはひとり練習に励《はげ》んでいた。いもしない敵《てき》のディフェンスを想定してステップをふむ。ドリブルでひとりぬき、ふたりぬき、ゴール前までたどり着くと、思い切り右足をふりぬく。バシッ。ゴールポストにはねかえされたボールがもどってくると、足で軽く蹴《け》り上《あ》げ、胸《むね》でトラップして体を反転させる。そうしてまたドリブル。あきもせず黙々《もくもく》とくりかえしている。

遠くで見ているあたしのところにまで、キンちゃんの荒《あら》い息づかいが伝わってきた。頭から上がる湯気が霧《きり》といっしょに流れていく。ものすごく真剣《しんけん》。周りのことはなんにも見えていないようだった。ゼッタイにゴールを奪《うば》ってやる。そんな闘志《とうし》がキンちゃんの全身からみなぎっていた。

ズボッ
キンちゃんの放ったシュートがネットに深く突《つ》き刺《さ》さった。「きゃっ」思わず手をたたきそうになって、あわてた。見つかったら大変だ。「なにしてんの?」って聞かれたらこまる。それにこんなひどい顔で会いたくない。

山肌《やまはだ》をはうように少しずつ霧が上っていくと、いつのまにか空はきれいなブルーにそまっていた。朝霧の出た日はよく晴れるって、以前おばあちゃんがいっていた。朝練の運動部員たちの姿《すがた》が、ちらほら校舎《こうしゃ》の間に見えはじめた。あたしはプラタナスの陰からすべり出て教室へと向かった。

——いいものを見た。

満足のため息をひとつつき、あたしは深ぶかと息を吸《す》いこんだ。サイアクだった心が、いつのまにか霧といっしょに晴れていた。

だれもいない教室は、勉強には最適《さいてき》だ。ゆうべは父親にじゃまされて宿題ができなかった。あたしは教科書を広げて、さくさくと宿題を片《かた》づけた。わからなくなりかけていた数学の一次関数も、教科書を落ち着いてよく読むと理解《りかい》できた。塾《じゅく》に行かせてもらえないとなると、自力でがんばるしかない。盛大《せいだい》な音を立てて腹《はら》の虫《むし》が鳴いた。早起きしたから、給食までがよけいに長い。

——あー、おなかへったぁ。

宿題を終えて顔を上げると、いつのまにか登校してきた生徒たちで教室は三分の二ほどうまっていた。

「遊《ゆう》、宿題うつさせて。お願い」

この声は満里《まり》だ。

「いやだねー」

「なんでよ、いじわる。そんなこといわないで」

満里はあたしの腕《うで》を取ってゆすった。あたしは満里のボディタッチに弱い。つい、「いいよ」といいそうになったが、気を引きしめる。

「満里さ、いつまでもうつしてばかりじゃだめだよ。手伝うから、ここにすわって自分でやってみ」

あたしはお尻《しり》をずらして、満里のためのスペースをあけた。

「いいよう。面倒《めんどう》くさい」

「サッカー部のメンバー表つくるのは、面倒くさくないのか」

あたしは鋭《するど》くつっこみを入れてやった。始業時間まであと十五分ある。

「そうだけどぉ」

「いいから早く」

あたしはしぶる満里を無理やり椅子《いす》にすわらせた。

「いい？　1番。グラフの傾《かたむ》きが3で、切片《せっぺん》が4の直線はどんな式でしょう」

「えー、むずかしすぎ」

「じゃ、グラフ書いてみようか。切片が4で傾きが3だから……」

人に教えていると、自分でもあやふやだったところがはっきりしてくる。これって、満里のためっていうより、あたしのためじゃん。新発見だった。

「やってみて。うん、そうそう」

ひとつの椅子をわけ合ってすわっていると、くっついた腰《こし》から満里の体温が伝わってくる。じんわりあたたかい。満里のほっぺたの産毛《うぶげ》が朝の光をまぶして光った。満里って、なんて朝が似合《にあ》うんだろう。やっぱり心がきれいだからかなあ。つい見とれてしまった。

満里の家は大きな農家だ。塀《へい》でかこまれた広い敷地《しきち》に、おじいちゃんおばあちゃんの家と満里たちの家と二軒《けん》建っていて、行ったり来たりしながら仲良く暮《く》らしている。いつ行っても焼きたてのパンの匂《にお》いがして、みんな笑っている。満里のママはパンを焼くのが趣味《しゅみ》なんだそうだ。きっと今朝も満里《まり》は焼きたてのパンをたっぷり食べてきたんだろうなあ。

そこまで考えて、あたしはなんだか、むしゃくしゃしてきた。くそっ、なんか不公平。目の前の、パンみたいにふっくらした満里のほっぺたをつねってやりたくなった。そのとたん、

「ぐーっ」盛大《せいだい》な音立てて、あたしのおなかが鳴った。

「もう、遊《ゆう》ったら、気がぬけるじゃん」

満里が腰《こし》で、どんとあたしを押《お》したので、椅子《いす》から転げ落ちそうになった。

「できたぁ」

満里が大きな歓声《かんせい》を上げた。赤い眼鏡《めがね》の奥《おく》の目が、きらきらかがやいている。

「やったじゃん」

あたしたちは机《つくえ》の上でハイタッチをした。

「遊って、勉強教えるの上手。原田《はらだ》先生より、よっぽどよくわかる」

目を丸くしての満里の感想がうれしかった。

「ふふん。あいつ、早口でなにいってんのか、わかんないもんね」

気をよくしたあたしが胸《むね》をそらせたとたん、そらせるだけ胸をそらせた原田が教室に入って

きたので、満里とふたり、顔を見合わせて吹《ふ》き出《だ》した。

キンちゃんの朝練を見物する。それが霧《きり》の朝以来のあたしの楽しみになっていた。

三日目の今日は、低気圧《ていきあつ》が通過中《つうかちゅう》だとかで、ものすごく冷えこんだ。霜柱《しもばしら》の立ったグラウンドで、キンちゃんはトンボを引いていた。ひとりで黙々《もくもく》とグラウンドの土をならしている。人っ子ひとりいないグラウンドは、いつもよりずっと広く見えた。そういえば夕べは夜半から雨が降《ふ》って、グラウンドにはいくつもの水たまりができていた。

いつものように、プラタナスの陰《かげ》にかくれようとしたら、

「おーい、溝口《みぞぐち》ぃ」

向こうを向いていたはずのキンちゃんに呼《よ》び止《と》められた。どきっとした。しまった、見つかった。すごすごと幹《みき》を回って出て行くと、

「早いやん。おはよう」

とさわやかに声をかけられた。

「……おはよう」

あたしは寝《ね》ぐせのついた髪《かみ》の毛《け》を必死になでつけながら答えた。ち、髪の毛ぐらいとかしてくるんだった。おまけに不機嫌《ふきげん》そうな声になったのが気になった。寝起《ねお》きの顔を見られたくなくて、下を向いた。

「えかったら、手伝う？　トンボ、もひとつ、そこにあるし」

キンちゃんの指差す方角に目をやると、フェンスにトンボが立てかけてあった。

「いいよ。どこから」

ふつうの声が出たので、ホッとした。

「おれがこっちから行くし、溝口《みぞぐち》はあっちから。ガッチャンしたとこで終わり」

「わかった」

広いグラウンドの両端《りょうはし》に別れてトンボを引いていく。すきっ腹《ばら》にこたえる重労働だったけれど、一往復《おうふく》するごとに確実《かくじつ》にキンちゃんとの距離《きょり》が縮《ちぢ》まるのがうれしかった。

「よおっし」

トンボがガッチャンしたところで、キンちゃんが突《つ》き出《だ》したこぶしにグータッチをした。突き上げるような喜びがわき上がる。あんなに寒かったのがうそみたいに、全身ぽかぽかしていた。息が上がって、キンちゃんとあたしの吐《は》く息が朝の冷たい空気の中を白く流れていった。まるで機関車みたい。そう思ったらおかしくなった。シュシュッ、ポッポー。きれいになったグラウンドを見渡《みわた》すのは達成感があった。

「腹《はら》すかへん？」

キンちゃんの問いかけに、あたしより先に腹の虫が答えた。グゥー。

「こら」

あたしはおなかをおさえて顔を赤くした。

「はっはっは。おれも腹ぺこ。にぎりめし、食う？」

うなずくと、「ちょっと待ってな」とキンちゃんは軽い足取りで、部室に駆《か》けもどっていった。

――キンちゃん、学校におにぎりなんか持ってきてるんだ。

すっかり葉を落としたプラタナスの下でキンちゃんを待つ間、あたしの胸《むね》の鼓動《こどう》は鳴りやまなかった。

――なにかがはじまる。

そんな予感に息が苦しくなった。救いを求めるように、でこぼこしたプラタナスの幹《みき》に指をはわせる。灰色《はいいろ》と白の迷彩柄《めいさいがら》の幹はこぶだらけなのに、なでるとすべすべしてほんのりとあたたかかった。

「お待ちぃ」の声とともに銀色の玉がとんできた。なんとかキャッチ!

「お、うまいやん」

キンちゃんは八重歯《やえば》を見せて高らかに笑った。左のほおに片《かた》えくぼが浮《う》かんで、いつ見てもキンちゃんの笑顔はとろけそうなほどチャーミングだ。

ふたりしてプラタナスの幹にもたれ、おにぎりにかぶりついた。

キンちゃんのおにぎりは、塩とゴマ油の加減《かげん》が絶妙《ぜつみょう》で、めちゃうまだった。

「おいしーい」

目を丸くするあたしに、

「おれんち、食堂やし」

さらりとキンちゃんがいった。

「ういっす」

次々と登校してくる寝《ね》ぼけまなこの朝練の連中に向かって、キンちゃんはさわやかに声をかけていた。

「助かった。また頼《たの》むわ」

おにぎりを食べ終えたキンちゃんがいった。「また頼む」ってことは、また来てもいいってこと？　じゃあもう、プラタナスの陰《かげ》にかくれなくていいんだ！

「うん！」

あたしは、あごがのどにめりこむほど大きくうなずいた。すると、パッと顔を明るくしたキンちゃんは、アルミホイルをくしゃっと丸め、勢《いきお》いよく部室前のゴミ箱に向かって投げ入れた。

「ストラーイク！」

鉄の網目《あみめ》のゴミ箱にアルミのボールが吸《す》いこまれると、キンちゃんは大きく口をあけて笑った。キンちゃんの八重歯に、朝日が反射《はんしゃ》して光った。キンちゃんの顔をこんなに近くでまじと見るのは、はじめてだ。特徴的《とくちょうてき》なのは眉毛《まゆげ》。いつかダイと見た動物番組のイワトビペンギンみたいに、先がピンとはねていた。

その日は火曜日で、一時間目は澤《さわ》先生の国語だった。授業《じゅぎょう》を受けている間も、あたしの胃のあたりは、ほかほかとあたたかかった。キンちゃんのおにぎりが入っているせいだ。あたしはそっとおなかに手をあて、にんまりした。隣《となり》の席の男子が気持ち悪そうにふりかえった。

それからの日々は、いつまでも手の中で転がしていたい宝石《ほうせき》のような時間が流れた。日の出が一年で一番遅《おそ》い季節のまだうす青いグラウンドで、あたしはシュート練習をするキンちゃんのために、ボールを拾った。そうすると、拾う手間が省けて、それだけ余計《よけい》にシュートが蹴《け》れるからだ。

キンちゃんはシュートが決まらないことに悩《なや》んでいた。さまざまな角度から何度も何度もゴールに向かって、ボールを蹴りこむ。あきるということを知らなかった。あたしが投げたボールを肩《かた》や足を使って受け止め、体を反転させてドリブルする。そしてシュート！　あー、惜《お》しい。もうちょっとだったのに、ほんの十センチ右にそれた。

あたしはキンちゃんの役に立てることがうれしくて、一生懸命《いっしょうけんめい》にボールを追いかけた。プラタナスの陰《かげ》にかくれているときとは大違《おおちが》いだ。あのときは寒くて寒くて、歯をがちがちいわせながら見ていたのに、ボールを追って走っていると、すぐに全身が汗《あせ》ばんでくる。指にふれる革《かわ》の感触《かんしょく》、手のひらにザラリと残る砂《すな》、荒《あら》い息づかい、汗の匂《にお》い。そんななにもかもが新鮮《しんせん》だった。「サンキュッ」キンちゃんのはずむ声が勲章《くんしょう》だった。雨の翌朝《よくあさ》は、ふたりして黙々《もくもく》とトンボを引いた。

毎朝、キンちゃんのリュックからはアルミホイルに包まれたおにぎりがふたつ出てきた。いつのまにかそれを楽しみにしているあたしがいた。日によって、豚《ぶた》の角煮《かくに》やみそなんかの具が入っている。それがどれもめちゃうまなのだ。やった、今日は照り焼きチキン。夢中《むちゅう》になってかぶりついていると、

「おまえ、そんなに細いのに、ダイエット中？」

と聞かれた。

「ううん。……なんで？」

「やって、いっつも朝めしぬきやろ？」

「……母親が調子悪くて」

満里《まり》にさえ話したことがない家の事情《じじょう》を、するりと口にしていた。そんな自分にびっくりした。いったん話し出すと、ビンからあふれるラムネの泡《あわ》みたいに次から次へと言葉があふれて止まらなくなった。母親の救急車さわぎ、先日の父親との会話、素直《すなお》になれない自分へのいら

立ち、将来《しょうらい》への不安……。憑《つ》かれたように、ひとりで話し続けた。

キンちゃんはずっと黙《だま》って聞いてくれた。

——あー、だめだ、あたし。こんな恥《は》ずかしいことまでしゃべっちゃって。うっとうしいやつだって、きっときらわれる。

絶望《ぜつぼう》とともにあたしの口が閉《と》じられたとき、

「……おまえ、携帯《けいたい》持ってる？」

ようやくキンちゃんが口を開いた。

「持ってない」

携帯なんて、我《わ》が家《や》では夢《ゆめ》のまた夢だ。

「そっか。メアド交換《こうかん》しようと思ったんやけどな。そしたら、しんどいとき、いつでも連絡《れんらく》できるやろ」

キンちゃんはバツが悪そうに、スパイクの先でグラウンドの土を蹴《け》っていた。うつむいた横顔が真《ま》っ赤《か》にそまっている。

あたしの胸《むね》に衝撃《しょうげき》が走った。

関西弁《かんさいべん》のやわらかなひびきが心にしみる。

ぶっきらぼうな言い方だったけれど、キンちゃんの声からも、まなざしからも、あふれるようなやさしさが伝わってきた。

これってもしかして、告白？

いやいやと、あたしはあわてて首をふった。たかがメアド聞かれただけで、舞《ま》い上《あ》がっちゃいけない。あたしが変な話したから、きっと同情《どうじょう》してくれてるだけだ。

「ごめん」

あたしはあわてて謝《あやま》った。そして早口でつけ加えた。

「変な話してごめん。びっくりするよね。忘《わす》れて、忘れて。人の家の話聞かされても、こまるもんね」

ひきつった笑顔でとりつくろうあたしに、キンちゃんのやさしさは行き場を失った。とまどったような目をあたしに向けると、

「あ、こっちこそ、ごめん。おれ、ぶきっちょやし、なにいうてええか、わからんし……」

と、ぶざまに黙《だま》りこんでしまった。ますますあたしはあせる。違《ちが》う、違う、そうじゃなくて、

ほんとうはうれしいんだけど、あたし、ほら、素直《すなお》じゃないから、ちゃんと気持ちを伝えられなくて、なんか知らない間に本心をかくすくせがついちゃってて、だから悪いのはキンちゃんじゃなくて、あたしで……。

口に出せない言《い》い訳《わけ》ばかりが、心に降《ふ》り積《つ》もっていった。

——ああ、あたし、なんか、ものすごくカッコ悪い。

「遊《ゆう》はいいなあ。なんか最近キンちゃんといい感じじゃん」

うすくて形のいい五十嵐《いがらし》あさみのくちびるがゆがんでいる。どうやら福山《ふくやま》くんとの仲に進展《しんてん》がないらしい。

「そんなこと、ないよ」

うつむいたままのあたしの腕《うで》を、

「この、うそつき」

とあさみは思いっきりつねった。

「いったぁい」

見ると、つねられたところが青あざになっていた。さすが握力《あくりょく》三十八。

「ひっどいなあ」

あたしはつねられたところを必死でさすった。あたしたちは、日曜日に隣県《りんけん》である練習試合に向けて、ビブスやユニフォームの手入れに追われていた。正式マネージャーではないあたしたちは、縁《えん》の下の力持ちに徹《てっ》していた。

昨日、スタメンが発表された。キンちゃんは十番。あたしは十番の背番号《せばんごう》のついたビブスを、とくに丁寧《ていねい》にたたみながら、ほおがゆるむのをおさえられなかった。

――どうかシュートが決まりますように。

手のひらを押《お》し当《あ》てて、念力をこめた。

「遊、知ってる？」

ご機嫌《きげん》ななめの五十嵐あさみが、つんけんしながら部室を出るのを横目で確《たし》かめてから、満《ま》里《り》がそっと体を寄《よ》せてきた。そして、

「福山くんて幼稚園《ようちえん》のころ、すっごい泣き虫だったんだよ」

と耳もとでささやいた。

「ええー、そうなん？」

「しーっ」とあたしの大声をあわてて制《せい》すると満里《まり》は、

「あいつ、おねえちゃんふたりに、いっつもいじられてたからね。無理やりスカートはかされたりしてた。でもこれ、五十嵐《いがらし》さんにはないしょだよ」

と下を向いてくつくつ笑った。

なあんだ。満里だって結構《けっこう》ブラックなとこあるじゃん。そのちょっといじわるそうにも見える横顔を見ながら、あたしはみょうに安心していた。

8

冬の雷《かみなり》

キンちゃんの朝練のない日曜日は、つい寝坊《ねぼう》してしまう。カーテンのすきまから差しこむ朝日がまぶしくて目が覚めた。

――いいお天気。よかった。

あたしは冬空の下、嬉々《きき》としてボールを追っているだろうキンちゃんを想像《そうぞう》して、幸せな気分にひたった。勝つといいな。シュート決まるといいな。ゆずの『栄光の架橋《かけはし》』を口ずさみながらルンルンで階段《かいだん》を下りた。

リビングでダイがテレビを見ていた。「トォ」「タァ」「ズンッ」戦隊もののヒーローの動きに合わせて、ソファの上で手足をふり回している。ああ、ここにも一名、おバカ男子がいる。男子って、ホントむだにエネルギーを消費したがるよなあ。頭にプロペラでもつけて発電すればいいのに。そうすれば地球環境保護《かんきょうほご》に少しは貢献《こうけん》できるのに。

おなかがすいていたので、キッチンの戸棚《とだな》を探《さぐ》った。シリアルの箱を見つけた。

「ダイも食べる？」

ふって見せたら、

「食べるー」

というので、ふたりぶんの器を用意した。シリアルは便利だ。牛乳《ぎゅうにゅう》を注げば、はい出来上がり。だけど近ごろニキビがすごい。きっと栄養不足のせいだ。母親も気がついているのか、このごろはドライフルーツ入りのを買ってきてくれている。

「お母さんは？」

「まだ寝《ね》てる」

リスみたいにほっぺたをシリアルでふくらませたダイが、はっきりしない発音で答えた。父親はここ二週間帰っていない。出張所《しゅっちょうじょ》の閉鎖《へいさ》が本決まりになって、残務《ざんむ》整理に追われているんだそうだ。父親がいうように、ほんとうに本社に帰れるんだろうか？　不安を打ち消すように、あたしはダイに聞いた。

「あんた、宿題は？」

「きのう、おかーかんとやった」

ここんところ放課後は、ほとんどサッカー部の部室ですごしているので、しばらくダイの宿題を見てやっていない。なんだか心配だ。

「見てやるから、ちょっと持ってきてみ」

「やだ。やったもん」

「あやしいなあ。やったんなら持ってこれるでしょ」

「ゼッタイ、いやー！　ねえちゃんになんか見せないもーん。バーカ」

にくらしい言い草にカッときた。つかまえようと腕《うで》を伸《の》ばしたら、スルッとかわされた。意外とすばしこい。

「このぉ」

追いかけっこがはじまった。ダイはキャッキャキャッと逃《に》げ回《まわ》る。どたどた走り回ってるうちに、母親が寝《ね》ている部屋のふすまにダイがぶつかって、ガタンッと大きな音を立てた。一瞬《いっしゅん》にして、ふたりともかたまった。なのに、母親が寝ているはずの部屋からは、なんの物音もしない。

「ダイ、ちょっとのぞいてみ？」

「うん」

そっとふすまを開ける。四つんばいのダイが呼《よ》びかけた。

「おかーかん」

しーん。

なんだか胸《むな》さわぎがした。部屋からは何日も入れかえていない、不健康そうな空気がはい出してくる。

「お母さん？」

中に入ると、障子《しょうじ》ごしにやわらかな朝の光が差しこんでいた。母親の形にふくらんだふとんは、ぴくりとも動かない。一番に目にとびこんできたのは、まくらもとに散らばった薬のプラスチックゴミ。

――え？　こんなに飲んだの？　そういえば最近、「ねむれない、ねむれない」って、つらそうにしていた。

「……お母さん？」

あわててあたしは母親のそばにひざまずいた。顔が真っ白だった。ふだんから母親はどちらかというと色白のほうだけれど、それとは違《ちが》う、まるで陶器《とうき》みたいな白さだった。

「お母さん！」

そっと体をゆすった。軽いいびきが聞こえるだけで、うんともすんともいわない。

「おかーかん」

ダイがふとんの上に出ていた腕《うで》を持ち上げて放したら、そのままパタッと落ちた。

──大変だ！

あたしの全身から血の気が引いた。

ダイを押《お》しのけ、電話にとびついた。頭が真っ白になって、110番か119番かわからなくなった。ああ、どっちだっけ？　混乱《こんらん》した頭に、怒《おこ》ったようなダイの声がとびこんできた。

「119番だよ！」

ピーポー、ピーポー、ピーポー、ピーポー
鳴りひびくサイレンを聞いた覚えはあるのだけれど、そこから先の記憶《きおく》がとんでいる。

気がついたら、病院の廊下《ろうか》におかれたベンチにすわっていた。ひざのふるえが止まらない。両手のこぶしでおさえても、ふるえは止まらず、歯ががちがち鳴った。ふたをしてもふたをしても、心の井戸《いど》から疑念《ぎねん》がわき上がってくる。

──まさか……。

そんなことはないと思いたい。だけど……。何度否定《ひてい》しても、まくらもとに散らばった薬のプラスチックゴミが拡大《かくだい》してフラッシュバックしてくる。鼻水が口まで伝って、その塩辛《しおから》さで我《われ》にかえった。

――ダイは？

鼻をぬぐい、あわてて廊下を見回した。目の前の処置室《しょちしつ》に使用中の赤ランプがともっているだけで、ダイの姿《すがた》が見えない。

「ダイ！」

白く光るリノリウムの床《ゆか》に反響《はんきょう》して、自分の声が思っていたよりもずっと大きくひびいた。

救急車には、いっしょに乗りこんだ。そのとき、「いつも飲んでる薬はありますか」と救急隊員に聞かれ、ダイはすぐに家へと取ってかえした。もどってきたときには、トムとジェリーのキャンディーの空《あ》き缶《かん》をにぎりしめていた。

「おかーかん、おかーかん」

必死によびかけるダイの声を放心状態《じょうたい》で聞いていた。今まで聞いた中で、一番悲しそうなダイの声だった。

「ダイ！　ダーイ！」

前にダイが熱を出したときに来たのと同じ病院だった。救急外来は相変わらず混《こ》んでいた。

あたしは廊下《ろうか》の突《つ》き当《あ》たりのドアを開けて、中庭に出た。まぶしさに目がくらんだ。

「ダイ！」

ダイは、だれもいない中庭のすみっこにひとりでうずくまっていた。空調の効《き》いた中と違《ちが》って、風が冷たかった。急いで救急車に乗りこんだから、ダイは上着も着ていない。薄手《うすで》のスウェット一枚《まい》だ。

「風邪《かぜ》引くよ。中入り」

聞こえているはずなのにふりかえりもせず、ダイは一心に右手を動かしていた。なにをしてるんだろう？　のぞきこむと、木の枝《えだ》で穴《あな》を掘《ほ》っていた。ザクッ、ザクッ。土をけずる音だけがひびく。すでに深さは十センチを超《こ》えている。いつからこうしていたんだろう。全然気がつかなかった。

「ほら、行こうよ。ここ、寒いし」

肩《かた》に手をやると、すごい勢《いきお》いで払《はら》われた。体中の筋肉《きんにく》がこわばって石になっている。こうなるとダイはテコでも動かない。

「どうしておかーかんは、よそのおかあさんとちがうの？」

穴に向かって話すみたいにダイがつぶやいた。深くうなだれた首筋《くびすじ》が風にさらされて寒そうだ。

「え？」

聞こえていたけれど、聞こえなかったふりをした。

「ヒロくんのおかあさんは、いつも笑ってるよ。ぼくは笑ってるおかーかんが好きなのに……」

答えようがなかった。あたしだって同じだ。今一番ほしいものは？　って聞かれたら、迷《まよ》わず母親の笑顔って答えるだろう。それなのにひねくれ者のあたしは、

「じゃ、怒《おこ》ってる顔はきらいなんだね」

こんなときでもダイをいじらずにはいられない。すると、石になっていたダイの魔法《まほう》が解《と》け、

「怒ってる顔も、好き」

と、キッとした顔を上げた。

「う、うん。そうだよね」

ダイの剣幕《けんまく》にたじたじとなりながら、あたしは目をそらせた。こんなときにはダイのこんな

まっすぐさが救いだ。あたしはしゃがんで、ダイに背《せ》を向けた。

「おんぶしてあげるから。ほら、おいで」

ダイをおぶって廊下《ろうか》にもどると、処置室《しょちしつ》から母親が出てきたところだった。ストレッチャーにのせられている。

「お母さん！」

「おかーかん！」

背中《せなか》からとび降《お》りたダイといっしょに駆《か》け寄《よ》ると、中年の看護師《かんごし》さんが、

「まだ目が覚めていないけど、胃を洗浄《せんじょう》したからね、もうだいじょうぶよ。今日は入院してもらうので、いっしょに病室に行こう」

といってくれた。続いて出てきたお医者さんが、

「おうちの人は？」

と聞くので、黙《だま》って首をふると、

「……そうか。じゃ、おうちの人が来られたら詰《つ》め所《しょ》に連絡《れんらく》してね」

と白衣をひるがえして行ってしまった。

そのうしろ姿《すがた》に、「あ」と思わず手を上げた。聞きたいことがのどもとまでせり上がっていた。……お母さんは、お母さんは、わざと薬を飲んだんですか？　……だけど、それは口にするにはあまりにもこわすぎる質問《しつもん》だった。

ダイはえらい。おばあちゃんの家の電話番号も、父親の携帯《けいたい》の番号もみんな暗記していた。あたしはまったく覚えていないのに。だけど、あたしだってえらい。救急車に乗りこむとき、母親のバッグをつかんでいた。救急車の代金が必要かもと思ったのだ。

看護師詰め所脇《わき》の公衆《こうしゅう》電話から、おばあちゃんと父親に電話をかけた。日曜日も仕事をしているのか、周りからはにぎやかな声が聞こえてきた。「え？」「え？」と何度も聞きかえされ、そのたび同じ返事をくりかえした。

「だからあ、お母さんが起きてこなくて、救急車で病院に運ばれたの」

「なんで起きないぐらいで救急車呼《よ》ぶんだ！」

ただ単に周りがうるさくて大声を出しただけなのかもしれないけれど、父親のどなり声にイラついた。電話で詳《くわ》しく説明なんてできない。十円玉がどんどん落ちていく音にもあせった。

ああ、もう十円玉ないのに。

「とにかく、早く来て！」

どなるようにいって受話器をたたきつけた。

母親の病室にもどる途中《とちゅう》、エレベーターのドアが開いて、入院患者《かんじゃ》の昼食をのせたキャスターが降《お》りてきた。親子どんぶりのおいしそうな匂《にお》いがした。

「ねえちゃん、おなかすいた」

ダイがあたしの手をにぎった。

「うん。購買《こうばい》、行ってみようか」

あたしは母親の財布《さいふ》をにぎりしめた。確《たし》か千円札が何枚《まい》か入っていたはず。購買でダイはメロンパンを、あたしは一番小さなクロワッサンを買った。パンを見ても食欲《しょくよく》がわかないなんて、生まれてはじめてだ。お茶は525ml入りのペットボトルを一本買った。

まだ目を覚まさない母親の横で、ふたりでつましい昼食をとった。

点滴《てんてき》が一滴《いってき》、一滴、母親の体に入っていくのを見ているのは、不思議な安心感があった。もうだいじょうぶ。そう思えた。まくらにうもれた母親の寝顔《ねがお》はみょうに幼《おさな》く見えた。白いシーツに包まれて、美術《びじゅつ》の教科書の絵の中の少女によく似《に》ていた。あたしの胸《むね》に、母親に対するいとおしさがこみ上げる。

——お母さん、ごはんがつくれなくてもいいよ。いつも寝《ね》ていてもいいよ。あたしとダイのおかーかんでいてくれれば、それだけでいいから。

「溝口文香《みぞぐちふみか》の病室はどこですか？　うちのものですけど」

おばあちゃんのどなり声が、看護師詰め所《かんごしつしょ》のほうからひびいてきた。はじかれたように、ダイがドアを開けてさけんだ。

「おばあちゃん！　ここだよ！」

「まあ、まあ、いったいどういうこと？」

おばあちゃんが、廊下《ろうか》を転がるように駆《か》けてきた。

「文香、文香、どうしたの」

寝ている母親のほっぺたを両手ではさんで、軽くはたいている。

「なにがあったの？」

ふりかえってたずねられた。目がつり上がって、いつものおばあちゃんとは顔が違《ちが》って見えた。

「起きてこないから部屋をのぞいたら、薬のゴミが散らばってて……」

まくらもとに散らばってた薬のプラスチックゴミを思い出したとたん、あたしののどがつまった。

「このごろずっと、ねむれないっていってて……」

そこまでいうのがやっとだった。あとは言葉にならなかった。あたしは母親のベッドの横に立ち尽《つ》くして、激《はげ》しくしゃくり上げた。

「わかった、わかった。……きっと薬を飲みすぎたんだよ。もうだいじょうぶ、だいじょうぶだからね」

背《せ》の低いおばあちゃんの場合、あたしを抱《だ》くというより、しがみつくかっこうになった。だけど、おばあちゃんにしがみつかれ、背中《せなか》をとんとんしてもらっていると、朝からこわばっていた体から少しずつ力がぬけていった。そうだよね、お母さんきっと、薬飲みすぎちゃっただけだよね。病院にいるからもう安心だよね。

「それにしても、ふたりとも、えらかったね。すぐに救急車呼《よ》んで、お母さんを助けたんだもんね。処置《しょち》が早かったからよかったって、看護師《かんごし》さんがいってたよ。ああ、ほんとうに子どもは宝《たから》だ」

おばあちゃんは鼻声で何度も、「子どもは宝だ」とくりかえした。その言葉が、フリーズしていたあたしの心に点滴《てんてき》みたいに落ちてきた。

――そうか。あたしたちって、宝なんだ。

三時前になって父親が駆《か》けつけてきた。いつもは見慣《みな》れない作業着姿《すがた》で、髪《かみ》の毛《け》はぼさぼさに立っていた。

「おい、だいじょうぶか？」

と荒《あら》い息づかいで病室にとびこんできた父親の大声に、それまでずっと閉《と》じられていた母親のまぶたがうすく開いた。ゆれるまなざしの先に父親の姿をとらえると、ほっとしたように「ふーっ」と長く息を吐《は》き出した。そして、

「ごめんなさい」

と小さくつぶやいた。

「なんも」

父親は怒《おこ》ったようにいうと、

「家族じゃないか。謝《あやま》ることとなんかない」

と、ふとんから出ていた母親の手をにぎった。

「睡眠導入剤《すいみんどうにゅうざい》飲んで寝《ね》たのに、夜中に目が覚めて、追加してもやっぱりねむれなくて、また飲んで……ごめんなさい。……今日は支店《してん》の後始末だったんでしょ」

「だーいじょうぶだ。会社のみんながいるから」

父親は、話しているうちに高ぶってきた母親を安心させるように、ふとんの上からとんとんとたたいた。

やっぱりそうだったんだ。心の底からほっとしたあたしは、ひざから崩《くず》れそうになった。

「ちちー」

ダイが父親の両足にしがみついて泣き出した。きっとダイも朝から緊張《きんちょう》しっぱなしだったに違《ちが》いない。その日はじめて見せた涙《なみだ》だった。病室にダイの大きな泣き声がひびいた。

「よし、よし」

父親はダイを背中《せなか》におんぶして、赤ちゃんにするみたいにゆすり上げた。

「ふたりとも、えらかったんだよ。自分たちで救急車呼《よ》んだんだよ」

おばあちゃんの報告《ほうこく》に、

「そうなのか。すごいな、おまえたち」

相好《そうごう》を崩《くず》す父親に、とたんに泣きやんだダイが、

「でも、ねえちゃんは、救急車の番号、忘《わす》れたんだよ」

と背中からあたしのことをチクった。

「110番か119番か、わからなくなっただけじゃん」

くちびるを思い切りとがらせ抗議《こうぎ》すると、部屋中に笑いが起こった。ベッドの母親までうすく笑った。病室の空気がなごんだのがうれしくて、あたしの顔に血が集結した。

「ほんとうに子どもは宝《たから》だよ」

まぶたをぬぐいながら、おばあちゃんがまたくりかえした。すると、シーツの中から母親の腕《うで》が伸《の》びて、ひらひらとあたしたちに向かってふられた。父親の背中からとび降《お》りたダイが、弾丸《だんがん》みたいに母親の腕にとびこんでいった。

「おかーかん」

聞いているこちらの胸《むね》がきゅんとくるほど、情感《じょうかん》のこもった声だった。あたしは今日一日の

ダイの奮闘《ふんとう》ぶりを思って、涙《なみだ》ぐんだ。

軽いノックの音とともに看護師《かんごし》さんが、「先生からお話があるそうです」と呼《よ》びにきた。

「はい」

父親とおばあちゃんは緊張《きんちょう》した面持《おもも》ちで出て行った。

三人だけになった病室で、

「遊《ゆう》も来て」

と母親から声をかけられた。細い腕《うで》にちりめんじわが寄《よ》っている。きっと病室の空気が乾燥《かんそう》しているせいだ。あたしはおずおずとベッドに近寄《ちかよ》った。

するといきなり、ダイとふたり、ぎゅっと頭を抱《だ》きかかえられた。なにをするのかと思ったら、母親はあたしたちの髪《かみ》の毛《け》に鼻を突《つ》っこんで、かわりばんこにくんくん匂《にお》いをかいだ。そうしてようやくほっとしたように、

「ああ、この匂いが世界で一番好き」

とつぶやいたのだ。そういえば幼稚園《ようちえん》のころ、園から帰るといつも頭の匂いをかがれた。そして、「ああ、おひさまの匂いがする。いっぱい遊んだんだね」と、いかにもうれしそうに、

ほっぺたを寄せてきた。「遊」というあたしの名前も、いっぱい遊ぶ子になってほしくて、つけたのだそうだ。

母親があんまり力を入れて抱きしめるものだから、ダイの石頭とあたしの耳がこすれて痛《いた》かった。それでも動いちゃ悪い気がして、ずっと我慢《がまん》していた。

「遊、ゆうべシャンプーしたでしょ」

突然《とつぜん》顔を上げた母親に聞かれ、こくんとうなずくと、

「やっぱり。桃《もも》のシャンプーの匂いがする」

といって、さもいとおしそうに髪の毛をなでられた。頭をなでてもらうなんて、いつ以来だろう。耳がこすれて痛いせいか、あたしのまぶたに涙がにじんだ。目の前のシーツがぼわっとにじんで見えた。

「もう、きゅうくつ」

ダイがとうとう逃《に》げ出《だ》した。あたしもほっとして頭を上げた。

手持ちぶさたになった腕をぽとりとふとんの上に落とすと、母親は心の底からわき上がるような低い声でつぶやいた。

「ああ、生きててよかった」

それを聞いたとたん、あたしの全身に鳥肌《とりはだ》が立った。

——そうだよね。お母さん、そうだよね。

自分にも母親にも確認《かくにん》するように、何度も胸《むね》の中でつぶやいた。

そのとき急に、窓《まど》の外が真っ暗になったと思ったら、ガラスを横切って稲妻《いなずま》が走った。同時に床《ゆか》がゆれ、ドーンという激《はげ》しい雷鳴《らいめい》がした。その直後、ザーッと、空の天井《てんじょう》がやぶけたかと思うような雨が降《ふ》り出《だ》した。窓ガラスにたたきつけられた雨つぶが、バチバチと音を立てながら滝《たき》のように流れていく。

「雷《かみなり》？　この季節にめずらしいね」

不安そうにつぶやく母親の手を、ダイがぎゅっとにぎった。そして、

「ぼくがついてるから、だいじょうぶ」

と、くちびるを真一文字に結んでいった。あたしは小さな弟を見直す思いだった。あたしの胸に、ダイと母親に対するいとおしさが、さわさわと波のように押《お》し寄《よ》せてきた。

何分もたたないうちに、ふたたび雷光《らいこう》が空をよぎって走った。今度はクロスするように二本。

そして、ドドーン。

そのとたん、雷に打たれたようにあたしの胸に言葉が落ちてきた。

——覚えておこう。

この窓ガラスを切《き》り裂《さ》く稲妻も、「生きててよかった」という母親の言葉も、そして今、あたしの胸にうずまいている感情《かんじょう》のすべても。そうすれば、いつかそれを言葉に変換《へんかん》できる日がくる。言葉には力がある。力のある言葉は、きっとあたしをささえてくれる。

黒いスクリーンとなった窓の稲光《いなびかり》を見すえながら、あたしはまばたきするのも忘《わす》れて、体を熱くしていた。根拠《こんきょ》なんてまったくない。だけど、この決心が自分にとって大切なものだということだけは、心のどこかで感じ取っていた。

9

すれ違《ちが》う心

月曜日の部室は、蜂《はち》の巣《す》をつついたようなさわぎだった。みんな軽い躁状態《そうじょうたい》。

「昨日は燃《も》えたよなあ。雨の試合って楽しーい」

え？　楽しいのか。男子の思考回路って、さっぱりわからない。

「スライディングして泥《どろ》かぶると、どいつが敵《てき》か味方かわかんなくなるもんな。めっちゃスリリング」

「ウエアが水吸《す》って重いのなんの。パンツがずり落ちたときは、あせったわ」

どうやら、あのどしゃ降《ぶ》りの雨の中でも、試合は続行されたらしい。しかも勝ち試合。部員たちのテンションは上がりっぱなしだ。試合を見ていないあたしたち女子は、彼《かれ》らのテンションの高さに、いまいち乗り切れなかったけれど、男子たちのこういう会話って聞いてるだけで楽しい。気分が上がる。

「コタちゃん、声かれてるよ」

満里《まり》が気づかわしげにコタちゃんに声をかけている。

「だってぼく、応援《おうえん》でしかチームに貢献《こうけん》できないでしょ。だから、昨日は一日中、どなりっぱなしだったんっすよ。そしたら、朝起きたらこうなってた」

かすれて聞き取りにくいコタちゃんの返答に、間髪《かんはつ》いれず満里は、

「りっぱじゃん！」

とかえしていた。一瞬《いっしゅん》、「え？」とけげんそうな表情《ひょうじょう》を浮《う》かべたコタちゃんは、そのあと「そっかぁ」と、うれしそうにうすい胸《むね》をそらせた。満里って、人を励《はげ》ますのがほんとうに上手だ。

あたしもいつもそれで助かってる。今朝も会うなり、「遊《ゆう》、なんかあった？」って聞いてくれた。「べつに」ってスルーしたけれど、ちゃんと見ていてくれるんだってうれしかった。

マネージャーに一番向いているのは、邪心《じゃしん》だらけのあたしや五十嵐《いがらし》あさみじゃなくて、満里のほうかもしれない。

そこへ原田《はらだ》が入ってきた。

「なにやってんだ、おまえら。練習はどうした？」

いきなりのどなり声。なんだかものすごく不機嫌《ふきげん》だ。職員室《しょくいんしつ》でなにかあったのかも。

「練習試合で勝ったくらいで有頂天《うちょうてん》になるんじゃない。たるんでるぞ！」

原田はサッカー未経験者《みけいけんしゃ》だ。学生時代は演劇部《えんげきぶ》だったといっていた。それが、ただ若《わか》くて体力があるからという理由だけで、サッカー部の顧問《こもん》に割《わ》り当《あ》てられたみたいだ。だけど全然部

活に出てこない先生もいるなかで、わりに熱心に練習に参加しているほうだ。ただ、たまに思い出したように、こうやって精神論《せいしんろん》をぶつのが、うざい。

部内の空気が一変した。

「今からミーティングをやる。昨日の試合の反省会」

原田《はらだ》のいらいらは、おさまりそうもない。キンちゃんが貧乏《びんぼう》ゆすりをするのが見えた。きっと一刻《いっこく》も早く練習したいんだ。

「福山《ふくやま》、司会」

「はい」

福山くんが前に立った。あさみが瞳《ひとみ》をかがやかせて、よく見える場所に移動《いどう》した。ライブじゃないいっつうの。

「昨日の東中戦《ひがしちゅうせん》のことでなにかあったら発言してください」

しーん。

全員うつむいてソックスのゴムをいじったり、居心地《いごこち》悪そうにおしりをもぞもぞさせたりしている。発言をうながすために福山くんは続けていった。

「昨日はキンちゃんの入れた一点で勝てたわけだけど、セットプレーというより、キンちゃんのスタンドプレーのおかげだよね」

そうか！　キンちゃん、シュート決めたんだ、よかったぁ！　あたしは体中の血が駆《か》けめぐるのを感じた。朝練の成果が出たんだ。キンちゃんの必死さを間近で見て知っているだけに、胸《むね》がつまった。そして自分もそれに一役買っているかもしれないと思うと、誇《ほこ》らしさがわき上がった。あたしにとって昨日は、さんざんな一日だったけれど、キンちゃんには記念すべき一日だったんだ。よかった。ところが、

「おれがいいたいのは、そこだ」

わが意を得たりというように、原田が声を大きくした。

「サッカーはチームプレーだ。全体で闘《たたか》って勝ってこそ値打《ねう》ちがある。強引な個人《こじん》プレーはひかえろ」

えー、なにそれ？　それじゃまるでキンちゃんが悪いみたいじゃん。事実チームに勝利をもたらしたのはキンちゃんなんだし、いわばヒーローだ。なのに、このいわれようはなに？

あたしは、横目でキンちゃんを盗《ぬす》み見《み》た。キンちゃんはひざの間に頭を深くうなだれて、床《ゆか》

においたボールにコツコツおでこを当てていた。

そのあとのミニゲームでも、原田《はらだ》はまるでねらい撃《う》ちのように、キンちゃんにばかり注意をとばした。

「金城《きんじょう》！　そこはパス回すとこだろうが！」

「金城、ドリブル突破《とっぱ》ばかりねらうんじゃない！」

動きを封《ふう》じられたキンちゃんは無残だった。足さばきがぎこちなくなり、ミスが続く。グラウンドに立《た》ち尽《つ》くす場面もあった。かわいそうで見ていられなかった。

「ひどーい」

隣《となり》に立って見ていた満里《まり》がつぶやいた。

「原田、ちょっとヤバくね？」

あさみもあきれていた。

――くっそう、原田。なんなんだよ！

あたしはぎりりと奥歯《おくば》をかみしめた。

セットプレーだかなんだか知らないけれど、スポーツなんだから勝たなきゃ意味がないじゃないか。キンちゃんのゴールに対する執念《しゅうねん》は、周囲をかえりみないわがままとは違《ちが》う。情熱《じょうねつ》だ。愛だ。サッカー素人《しろうと》のあたしにだって、それぐらいわかる。なのに、なんで原田にはわからないんだろう。なりたい自分に向かってがむしゃらに努力する。それのどこがいけない。あたしはそんなキンちゃんが大好きだ。尊敬《そんけい》する。それは自己《じこ》チューとはゼッタイに違うはずだ。

いら立つあたしは、こぶだらけのプラタナスの幹《みき》におでこを打ちつけ、地団駄《じだんだ》をふんだ。


期末試験がせまっていた。試験前と試験中は部活は禁止《きんし》。もちろんキンちゃんの朝練もなし。まるで頭をおさえこむように、冬のどんよりした雲が低くたれこめていた。なんてゆううつな空の色。試験アレルギーの満里とふたり、かわりばんこにため息をつきながら家路をたどっていた。満里はじんましんの出た腕《うで》をぼりぼりかきむしっていた。

「バイバイ。またね」

会話もはずまないまま、いつもの角で手をふって別れた。

ものごとはそうそう一直線によくなったりはしない。そんなことはわかっているつもりだった。だけどやっぱり期待してしまう。入院さわぎのあと、母親に取り立てて大きな変化はなかった。今日もきっと家中のカーテンは閉《と》じられたままだろう。

「ただいまぁ」

あたしは足取りも重く玄関《げんかん》をまたいだ。

「お帰りぃ」

かえってきたのは、思いもかけないことに父親の声だった。「え?」と、とまどったあと、思い出した。そうか。本社勤務《きんむ》になって、今週から帰ってきてるんだった。

「早いじゃん」

「今はあいさつ回りだけだから早いんだ。なんだ、いちゃ悪いのか」

「いや、そうじゃないけど、なんでエプロンなんかしてんの?」

「たまには夕飯つくってやろうと思ってな」

「ええーっ」

「いやか?」

「いやじゃないけど……」

父親のつくった料理なんて食べたことない。どんなものつくるんだろう。引く。

「お母さんは？」

「ん、今日は調子いいみたいだ。ダイのおむかえに行ってる。あのな、遊《ゆう》……」

父親は、半額《はんがく》シールのついた肉のパックを開ける手を止めていいよどんだ。調理台にはじゃがいもとニンジンとたまねぎが並《なら》んでいる。ひょっとして、カレー？

「……この間は悪かったな。お父さん、酔《よ》っ払《ぱら》ってどうかしてた。娘《むすめ》相手に会社のぐちなんかこぼして、サイテーだよな」

「……」

なんて答えればいいのかわからなかった。

「試験勉強する」

勉強を言《い》い訳《わけ》に逃《に》げ出《だ》した。バタンッと大きな音を立てて部屋のドアを閉《し》めた。

英語の不規則動詞《ふきそくどうし》を暗記していると、階下から ダイの甲高《かんだか》い声がひびいてきた。帰るなり、

「お、ちち」

と、すっとんきょうな声を上げている。

「なんでエプロンしてんの？」

あたしとまったく同じリアクションに苦笑いしてしまった。

「遊《ゆう》、帰ってるの？」

母親の声がした。

「おう。試験勉強するっていってた」

「そっか。期末テストの時期だもんね」

父親と母親のこんなふつうの会話を聞くのはひさしぶりだ。夫婦《ふうふ》って、よくわからない。あたしは長い吐息《といき》を教科書の上に落とした。

「take took taken　forget forgot forgotten　give gave given」

勉強はいい。勉強してると、余計《よけい》なことを考えなくてすむ。明日につながるなにかをしてるって気がして、安心する。

夕飯はやっぱりカレーだった。父親のカレーは思ったより悪くなかった。

「どうだ、うまいだろ。ここでクイズです。かくし味になにが入っているでしょう？」

「りんごー」

ダイが答える。

「ブーブーブー」

「はちみつ？」

自信なさそうに母親がつぶやいた。

「ブーブーブー」

「バナナー」

あくまでもダイは果物に固執《こしつ》する。でもこのコクは果物のそれとはちょっと違《ちが》うようだ。

「遊は？」

父親がしつこく聞くので、

「チョコレート？」

しぶしぶ答えたら当たっていた。だけど、

「えー、なんでわかるんだよ」

と大げさにくやしがって見せる父親がうっとうしかった。

「おかわり」

家族四人でかこむ食卓《しょくたく》に浮《う》かれっぱなしのダイは、三杯《ばい》もおかわりをした。

――これから、なにか変わるのかな。父親、会社をくびになったりしないのかな？

ダイのように単純《たんじゅん》には喜べないあたしは、一抹《いちまつ》の不安といっしょに、つるんとしたものを飲みこんだ。

「今の、なに？」

目を丸くするあたしに、

「マシュマロでしたぁ」

してやったりというようにくちびるの端《はし》を上げて、父親はにんまり笑った。

――はぁ。

あたしはため息をついた。だけど今の我《わ》が家《や》にとっては、父親のこの能天気《のうてんき》さが救いといえば救いだった。

「やっとだよ。長かったぁ」

心底うんざりした表情《ひょうじょう》の満里《まり》が、雨の散歩のあとの犬みたいに、ブルンと頭をふった。中学生にとって、期末試験の一週間は過酷《かこく》だ。無理やりつめこまれた数式や英単語や年号やらで、脳《のう》みそがパンク寸前《すんぜん》になっている。一刻《いっこく》も早く軽くしたい。その気持ちはよくわかる。

「ほんとうだよ。死にそう」

満里とは違《ちが》う意味で、あたしもため息をついた。

ようやく今日から部活がはじまる。キンちゃんも朝練を再開《さいかい》するだろう。二週間近く、まともに顔を合わせていなかった。さびしい。さびしすぎて死にそうだった。

その間にちょっとした事件《じけん》があった。昇降口《しょうこうぐち》の靴箱《くつばこ》に落書きされたのだ。相合傘《あいあいがさ》をはさんで、「金城《きんじょう》　溝口《みぞぐち》」と書かれていた。笑っちゃうくらい昭和な落書き。いったいどんなセンスしてんだ。

「遊《ゆう》、大変だよ。ちょっと来てみ」

あさみにひっぱって行かれ、はじめて見たときは、

「なにこれ？」

とわざとらしくおどろいてみせたものの、心の中では舞《ま》い上《あ》がっていた。

——やったね。

うわさになるなんて、有名人みたいですごいじゃん。

「いいな、いいな。あたしも自分で書いちゃおうかな」

ほんとうにマジックを取り出しそうな勢《いきお》いのあさみを、

「やめときな」

と止めると、

「なんでよ、自分だけ」

と思いっきり腕《うで》をひっぱたかれた。あさみにたたかれるとハンパなく痛《いた》かったけれど、あたしはへらへら笑っていた。

だけど、そのあと、急にこわくなった。

――キンちゃんはどう思うだろう？

もしもいやな顔をされたらどうしよう。キンちゃんの反応《はんのう》を思うと、こわくてたまらなくなった。


放課後。あさみと満里《まり》のあとについて、とぼとぼと部室へ向かった。

「るっせえよ！　カンケーないやろ！」

いきなりのどなり声にビクッとした。あの声はキンちゃんだ。あたしの心臓《しんぞう》ははね上がった。関係ないって、あたしのこと？　満里がふりかえって心配そうにあたしを見た。あたしは、ぎゅっと両手のこぶしをにぎりしめた。泣いたらだめだ。ここで泣くなんて、サイアクだ。

「だけど、これじゃ勝てっこないよ」

泣きそうな声を上げたのは、あたしじゃなくて福山《ふくやま》くんだった。え？

「おれは、みんなで抗議《こうぎ》するべきだと思う」

おそるおそる部室をのぞくと、全員でキンちゃんを取りかこんでいた。声もかけられないほど、みんな緊張《きんちょう》した面持《おもも》ちだ。

年が明けると、いよいよ冬季リーグがはじまる。あさみによると、六月にある地区総体《そうたい》の前《ぜん》哨戦《しょうせん》ともいえる、とても大事な大会なんだそうだ。地区総体は三年生にとって、県へと続く最後の大会となる。どうやらその冬季リーグのスタメンが発表されたらしい。

「キンちゃんがフォワードぬけたら、いったいだれがシュートねらうんだよ」

福山くんの声が裏《うら》がえった。泣き虫だったという幼稚園《ようちえん》時代の話をふと思い出した。

——キンちゃん、フォワードはずされたんだ。

ひざから力がぬけて、その場にすわりこみそうになった。シュート、あんなに一生懸命《いっしょうけんめい》練習してたのに。

「おい、おい、なにやってんだ。早く練習はじめろよ」

入り口をふさいでいるあたしたちを押《お》しのけるようにして、原田《はらだ》が入ってきた。

「先生。スタメン変えてください。あれじゃ勝てません」

福山《ふくやま》くんが原田の前に立ちふさがった。

「そうです」「そうです」

福山くんの背後《はいご》に、立ち上がったサッカー部員全員が並《なら》んだ。キンちゃんは身じろぎもせず、すわったままだ。

「いいか。何度もいっているように、サッカーは集団《しゅうだん》スポーツだ。いつまでも個人技《こじんぎ》に頼《たよ》っているようじゃ、勝ち進むことはむずかしいぞ。全員でパスをつないでシュートを決める。これがおまえらの今の一番の課題だ」

どうやら原田の脳裏《のうり》には、華麗《かれい》なパスワークでボールをつないでゴールを奪《うば》うシーンが、はっきりとイメージされているようだ。

「だけど……」

福山くんの語尾《ごび》が痛々《いたいた》しく消えていく。

「いいか、中学の部活はあくまでも教育活動の一環《いっかん》だ。たったひとりのエースプレーヤーはいらない。どうしても目立ちたいやつは、クラブチームへ行け」

名前こそ出さないけれど、明らかにキンちゃんを意識《いしき》しての発言だった。こういうところが原田は小さい。反抗《はんこう》するやつや、自分の好みに合わないやつは突《つ》き放《はな》す。

それから三日間、キンちゃんは朝練に出てこなかった。あたしは毎朝グラウンドに通い、そのたび凍《こご》えた指に息を吹《ふ》きかけながら、すごすごと教室へと向かった。

――どうにかしてキンちゃんをなぐさめたい。

考えに考えた末、あたしは大好きなファンキーモンキーベイビーズのCDを、キンちゃんの靴箱《くつばこ》にそっとしのびこませた。

――お願い。ファンモン様。キンちゃんを励《はげ》まして。

キンちゃんが朝練を再開《さいかい》した朝、この冬はじめての雪が降《ふ》った。

太陽が上る前のまだうす青い空から、ちらちらと風花《かざはな》のような雪が舞《ま》い降《お》りていた。きれいだった。風にさらわれていろいろな方向から降ってくる雪は、水分が少なく軽いのか地面に落ちる前に幻《まぼろし》のように消えていった。

あたしはプラタナスの陰《かげ》から動けなかった。出て行く勇気がない。

プラタナスの迷彩柄《めいさいがら》の幹《みき》に鼻を押《お》しつけて、しめった匂《にお》いをかぎながら、キンちゃんの蹴《け》るボールの音に耳をすませていた。練習メニューを変えたのだろうか、ズボッというネットをゆらす音がしない。

顔を出してのぞき見ると、キンちゃんは一心不乱《いっしんふらん》にリフティングに励《はげ》んでいた。右、左、右、右、「おっと、あぶない」と思ったら、胸《むね》でうまくコントロールして、また、右、左、右、左。

いったい、何回続いてるんだろう。

「二百三十八、二百三十九……」

朝のしじまからキンちゃんのつぶやきが聞こえてきた。二百四十！　すごーい。あたしなんて、なわとびだって百回も続いたためしがないのに。あたしはただただキンちゃんの運動能力《のうりょく》の高さに舌《した》を巻《ま》いた。人間の能力って、どうしてこんなにばらばらなんだろう。神様はいじわ

るだ。あたしがそう思ったとき、

「あー！」

という声とともに、バタッとキンちゃんがグラウンドに倒《たお》れこんだ。そしてそのまま起き上がる気配がない。キンちゃんの脈打つ胸に雪が降《ふ》りかかっていた。

心配になったあたしは、とうとうプラタナスの陰を出て、キンちゃんのそばに立った。キンちゃんは目をつむったまま口を開けていた。

「……なにしてんの？」

おそるおそる声をかけると、

「うん？」

キンちゃんの細い目が開かれた。

「雪食ってる」

と不機嫌《きげん》そうな声で答えると、バネじかけの人形みたいにはね起きた。続いて、

「CD、おまえ？」

と聞かれたので、こくんとうなずいた。

胸《むね》がどきどきした。すると、

「サンキュ。ファンモン好きなんや。もうちょっと貸《か》してな」

あっさりいいおいて、キンちゃんはすぐに練習を再開《さいかい》した。

「三十八、三十九……」

もうあたしなんか目にも入らない様子でボールに集中している。

それでも、ファンモン気に入ってくれたんだ、元気になってくれたんだって、あたしはうれしかった。

「百三十二、百三十三……」

ガンバレ、ガンバレ。

あたしは胸の中でエールを送る。

——百四十。あーっ。

落ちてしまったボールに心の中で悲鳴を上げた。

「くっそお!」

キンちゃんは思わずとびのくほどの激《はげ》しさで、ボールをグラウンドにたたきつけた。その拍《ひょう》子《し》にはねた小石があたしのふくらはぎを打った。いたっ。

「香川《かがわ》なんか、小六でリフティング千回できてたのに！」

香川ってだれ？　って聞きたかったけれど、聞けるような雰囲気《ふんいき》じゃなかった。きっと有名な選手なんだろう。

キンちゃんは自分にいら立っていた。香川みたいにリフティングが千回できない自分にじれていた。ひとり苦しんでいるキンちゃんには、だれも寄《よ》せつけない厳《きび》しさがあった。「おれに近寄《ちかよ》るな、ほっといてくれ」そんなオーラを全身から発していた。

キンちゃんをものすごく遠く感じた。シュート練習を手伝っていたころはあんなに近くに感じたのに……。おにぎりだっていっしょに食べたのに……。

近づいたかと思うとまた遠ざかる。ふたりの関係がもどかしかった。これじゃ、まるでヨーヨーだ。

ポーン、ポーン
キンちゃんのひざを打つボールのリズミカルな音を背《せ》に、あたしはすごすごとグラウンドをあとにした。暗さを増《ま》す雪雲とともにあたしの心も重く沈《しず》んでいった。

――だけど、キンちゃんがファンモン気に入ってくれて、よかったじゃん。

あたしは自分で自分をなぐさめながら、灰色《はいいろ》の空にオレンジ色のしみみたいに、にじんだ太陽を見上げた。

10

食堂つねちゃん

思いもかけないことに、キンちゃんから年賀状《ねんがじょう》が来た。

「うそっ」

信じられなかった。それにしても、キンちゃんの字、へったくそ。年賀状までサッカーのイラストかよ。どうでもいいことばかりが高速で頭の中を駆《か》けめぐって、足が宙《ちゅう》に浮《う》き上《あ》がりそうだった。

「どうした、遊《ゆう》。彼氏《かれし》からか？」

ソファに寝転《ねころ》がって正月番組に笑い転げていた父親が、頭をもたげてゆるく聞いてきた。こういうときだけ、みょうにカンがいい。本社に呼《よ》びもどされた父親は、残業が減《へ》ったぶん給料も減ったらしいが、どうやら首はつながったらしい。依然《いぜん》、我《わ》が家《や》の経済状況《けいざいじょうきょう》は厳《きび》しいままだ。だけど父親が家にいる時間がふえたことで、母親の調子は少しずつ安定してきているように見える。

「違《ちが》うよ！」

あたしは急いで部屋に駆けこみ、バタンッとドアを閉《し》めた。だれも入ってこないように鍵《かぎ》をかけた。

ドックン、ドックン、ドックン。胸《むね》の鼓動《こどう》が耳の中で大きくひびいている。

初雪の日以来、朝練に行っていなかった。キンちゃんの真剣《しんけん》さにおそれをなしていた。邪魔《じゃま》をしたら、きらわれる。そう思って、会いたい気持ちをずっと封印《ふういん》してきた。

――溝口《みぞぐち》遊様

表書きの、へたくそだけど一生懸命《いっしょうけんめい》に書いたことがよくわかるあたしの名前。キンちゃん、どんな気持ちでこれを書いてくれたんだろう。見つめているだけで、泣きそうになった。

裏面《うらめん》にゆっくりと目を落とす。サッカーボールを蹴《け》っている男の子の吹《ふ》き出《だ》しに、「アケオメ」と書かれていた。

「くふっ。キンちゃんらしい」

笑ったとたん、緊張《きんちょう》がほぐれた。ようやく落ち着いて文面に目を走らせることができた。隅《すみ》にそえ書きがあった。「サッカー部の新年会をやります。来てください。場所はココ」と簡単《かんたん》な地図が書かれていた。「食堂つねちゃん」そうか、キンちゃん家《ち》、食堂だっていってたっけ。

なんだ、新年会の案内か。あたしだけじゃなくて、みんなに出してるのか。ちょっとがっかりした。さっきまでの爆発的《ばくはつてき》な喜びがゆっくりとフェードアウトしていく。それでも、うれしいことに変わりはなかった。

階段《かいだん》を駆《か》け下《お》り、満里《まり》に電話をかけた。携帯《けいたい》を持っていないあたしには、メールなどという選択肢《せんたくし》はない。

「満里、来た？　キンちゃんから新年会の案内？」

受話器にかみつきそうな勢《いきお》いでたずねた。

「あ、遊《ゆう》？　明けましておめでとう」

相変わらず満里はマイペースだ。

「おめでと。それよりハガキ！」

「来たよー」

「行くよね！」

「どうしよっかな。遊は？」

「もちろん行く！」

「じゃあ、あたしも行く」

「あさみに電話して、三人いっしょにいこ！」

「わかった。待ち合わせ場所が決まったら、また知らせてね」

「了解《りょうかい》！」

あたしはは切って、あさみの家に電話した。

「遊。お正月早々、めいわくよ」

正月もいつものジャージ姿《すがた》の母親が、リビングからだるそうに声をかけてきた。父親が家にいると、母親は寝室《しんしつ》から出て、リビングにいる時間が長くなった。それだけでも大進歩だ。ダイと三人、ソファでまったりと足をからませている。

「うん。これだけー」

早く出ろ、早く出ろ。あたしはいらいらと足ぶみした。八回コール音が鳴ったあと、

「はい、五十嵐《いがらし》ですが」

思ってもいなかったことに野太い男の人の声が出た。しまった！　お父さんが出るなんて、想定外。「父親なんかもっとすごいよ。ヤクザがビビるんだから」あさみの言葉を思い出して、思わず受話器を落としそうになった。

それでもあたしは、自分を奮《ふる》い立《た》たせて背中《せなか》を伸《の》ばした。

「あ、あの、五十嵐《いがらし》さんのお宅《たく》でしょうか」

声が小さくふるえた。

「そうですが、お宅は？」

切りかえすような問いかけに、思わず舌《した》をかんだ。

「み、みろぐちと申しますが、五十嵐あさみさんいますか」

「いるよ。ちょっと待ってね」

「あさみー、電話だぞ」という家中にひびきそうな大声を聞きながら、ほっとしたあたしはヒリヒリする舌を犬みたいに長くたらして乾《かわ》かした。いってぇ。

「ぷっ」

リビングから母親が吹《ふ》き出《だ》す音が聞こえた。

「遊《ゆう》ったら、いざとなったら、ちゃんと敬語《けいご》使えるのね。ちょっとびっくり」

「ほんとだな。『みろぐちと申しますが』」

父親が黄色い声であたしの口調をまねるので、メモ帳の横にあったボールペンを投げつけてやった。てっぺんだけはげた頭にみごとに命中した。「べえ」あたしに向かって長い舌を出す父親に、負けずにあたしもあっかんべえをおかえしした。

「はーい、あさみです」

よく通るあさみの声にほっとした。

「あさみ、ハガキ来た？　もち、行くよね」

「行く、行く」とふたつ返事のあさみと相談して、三日の十一時に「アリオ」入り口に集合ということになった。アリオは駅前にある大型ショッピングセンターだ。

うわあ、どうしよう。なに着ていこう。

「お母さん、新年会、なに着て行ったらいい？」

思わず母親に相談していた。

「新年会？　そっかあ。そういえば長いこと遊に服買ってあげてなかったね」

「……うん」

あたしは女子にしては身なりに無頓着《むとんちゃく》だ。暑さ寒さえしのげればなんでもいいと思っている。だけどクラスの女子たちの話を聞いていると、どうやらみんなはそうじゃなく、休みのたびにアリオをぶらついて、流行のファッションの研究に余念《よねん》がないらしい。

「じゃ、初売りの広告が入ってたから、明日はみんなで遊《ゆう》の服を買いにいこうか？」

「え？　いいの？」

思ってもいなかった展開《てんかい》にびっくりした。買いものもだけど、母親が自分から出かけようといいだしたこと自体、おどろきだった。

「遊の一大事みたいだからねえ。ママまでなんだかリキが入るわー」

母親の意味深な目つきに、耳まで赤くなった。それでも、いつになくはり切っている様子がうれしかった。

「そうだな。遊の初デートだもんな」

父親がソファから首をもたげた。

「デートなんかじゃないってば！」

父親の肩《かた》を思いっきりどついた。なんて無神経《むしんけい》！　おじさんって、これだからいやだ。あたしは耳どころか全身がカッと熱くなるのを感じた。

「すずめの涙《なみだ》だけど、ボーナスも出たしな。遊の初恋《はつこい》記念に、ひさしぶりにみんなでうまいもんでも食うか」

「違《ちが》うっていってるじゃん！」

父親のしつこささに切れそうになっているあたしを尻目《しりめ》に、

「マック、マック」

ダイがソファの上でぴょんぴょんはねた。

「マックでいいのか？　安上がりだなあ、おまえは」

はねた勢《いきお》いでぴょんとおなかにとび乗ったダイを、「うっ」と息をつめて抱《だ》きとめ、父親は、

「重くなったなあ」

としみじみといった。母親は母親で、

「そっかあ。いつのまにか遊も、もうそんな年ごろになったんだねえ」

と夢《ゆめ》から覚めたようなまなざしであたしを見つめている。こんなに真正面から見つめられるなんて、ひさしぶりだ。なんだか照れる。照れるとあたしは屈折《くっせつ》する。

「違うって、さっきから何度もいってんじゃん。ただのサッカー部の新年会だよ」

と思い切りくちびるをとがらせた。そんなあたしに、母親は、

「そういえば遊、近ごろきれいになったよね。さなぎがちょうになるって、こういうことなん

だねえ」

と感無量といった口ぶりで続けた。

――きれいって、あたしが？

母親の言葉が信じられなくて、あたしはそっと洗面所《せんめんじょ》に向かった。

鏡の向こうには、キラキラとした光を瞳《ひとみ》に宿した少女がいた。

――え？　これ、あたし？

思わずほおをなでてみる。思っていたほど悪くはなかった。あたしはあわてて、てのひらに水をすくい、頭のてっぺんではねている寝《ね》ぐせを押《お》さえつけた。


正月といっても格別《かくべつ》行くところもないわが町の、人口のほとんどが集結しているんじゃないかと思うほど、アリオは混《こ》み合っていた。マクドナルドにも長い列ができている。

「おい、だいじょうぶか？」

母親を気づかって、父親が小さく声をかけた。

「……うん。あっちで席取ってる」

ずっと立っているのがつらいのか、母親は広いフードコートの隅《すみ》を指差した。温室のあるそのあたりだけちょっと席に余裕《よゆう》がある。

「そうしろ。おれが並《なら》ぶから」

ダイはハッピーセットに大はしゃぎだった。どちらかというと、おまけのおもちゃがお目当てだったみたいだけれど。家族で外食なんてほんとうにひさしぶり。化粧《けしょう》をした母親を見るのもひさしぶりだ。ジーンズとVネックの黒のセーターというシンプルなよそおいながら、すごくきれいだった。

「おかーかん、かわいーい」

ダイが母親の腕《うで》を取って、ほおをすりつけた。あたしは自分がいいたかったことをいってもらえたことで、ほっとしていた。

ケチャップをたっぷりつけたチキンナゲットをほおばりながら周りを見回すと、ほとんどが家族連れだ。それか、お年玉をにぎりしめた女の子たちのグループ。知ってる子はいなかった。休日に家族でブランチなんて、よその家族にしたら当たり前の日常《にちじょう》なのかもしれない。だけど、あたしとダイにとっては違《ちが》う。誕生日《たんじょうび》と正月と（今が正月だけど）クリスマスがいっぺんに来たくらい、スペシャルな出来事だ。歯のぬけた口を開けて笑っているダイを見ていると、それがよくわかる。

やけにはり切っている母親に連れられて、お店を五軒《けん》も回った。ファッションにまるで興味《きょうみ》のないあたしは、あれこれ試着させられて苦痛《くつう》でしかなかったけれど、母親が自分のために一生懸命《しょうけんめい》になってくれているのがうれしくて我慢《がまん》した。ああだこうだとさんざん悩《なや》んだあげく、

「やっぱり遊《ゆう》はスポーティーなほうが似合《にあ》うわね」

という母親の結論《けつろん》に従《したが》って、黒のスパッツと、おしりにドクロの刺繍《ししゅう》のあるショートパンツと、ざっくりしたグレーのパーカーを買った。確《たし》かに自分でもフリルのついたスカートやブラウスが似合うとは思えなかった。満里《まり》なら似合うかも。

ひさしぶりの人混《ひとご》みで疲《つか》れたという母親を休ませるために、夕飯は父親とあたしが担当《たんとう》することになった。正月といっても我が家《わがや》はおせち料理などというものとは、まったく縁《えん》がない。おばあちゃんが炊《た》いてきてくれた黒豆が冷蔵庫《れいぞうこ》に入っているだけだ。なので、今夜のメニューも焼きそば。

「遊、キャベツちゃんと洗《あら》ったか？」

「いいじゃん、どうせ、いためるんだから」

「ニンジンはもっとうすく切らんと、火が通らんぞ」

「うっるさいなあ」

いっしょに台所に立ってみると、いつもはだらしなくソファで寝転《ねころ》がっている父親が、意外ととマメで口うるさいということがわかった。だけど今まで離《はな》れて暮《く》らしていたぶん、家族としっかり向き合おうという思いだけは伝わってきた。あたしは、

「それじゃ、ダイが残すぞ」

という父親の意見に従って、太く切りすぎていたニンジンをラップで包んで電子レンジにかけた。

焼きそばは、「おふくろ直伝だ」と父親が入れたイカ天が功を奏《そう》したのか、めちゃくちゃおいしかった。

「うまーい」

ダイはおかわりをくりかえした。ニンジンも残さず食べていた。四人家族でいくらなんでも多いだろうと思ったのに、八玉の焼きそばはあっという間にみんなの胃袋《いぶくろ》におさまった。

忘《わす》れかけていた家族の団《だん》らんを満喫《まんきつ》した夜だった。

——しまった。

靴《くつ》まで気がまわらなかった。白のスクールシューズじゃあんまりなので、母親のファーブーツを借りることにした。だけどきつい。当然だ。母親の靴のサイズは二十三センチで、あたしは二十四。ブーツの中の親指の先をきゅっと縮《ちぢ》めて、あたしはアリオへと急いだ。

「きゃー、遊《ゆう》、かわいーい」

人でごったがえす入り口で黄色い声を上げながら、満里《まり》が手をふってくれた。照れくさいけど、うれしい。あたしはぎくしゃくした早足で近づいていった。

「満里だって、かわいいよ」

満里は黒のダウンコートをしっかり着こんで、えんじ色のベレー帽《ぼう》をかぶっていた。それが顔の小さい満里にとてもよく似合《にあ》っていた。

「遊、満里ぃー」

横断歩道《おうだんほどう》を三歩で渡《わた》って、五十嵐《いがらし》あさみが駆《か》けてくる。足に吸《す》いつくようなスカイブルーのジーンズとGジャンが決まっている。

「あさみ、足長ーい」

「超《ちょう》かっこいい」

「今日こそ福山《ふくやま》くんの心臓《しんぞう》を撃《う》ちぬくんだ。ドキューン」

あさみは空の福山くんにむかって銃《じゅう》を撃つふりをした。あさみのこんな正直でまっすぐなところが、あたしは好きだ。うらやましい。

「よしっ」

あたしは自分にカツを入れた。あたしもあさみを見習って、まっすぐな思いをキンちゃんに伝えよう。お呼《よ》ばれなのになにも持っていかないのは失礼かなと、三人で相談してお花を買った。真紅《しんく》のバラ三本。安かったわりにとてもきれいだった。

地図だとこのあたりのはずなのに、「食堂つねちゃん」が見つからない。今まで入ったことはなかったけれど、大通りを一歩入っただけで、細かな路地が迷路《めいろ》みたいに複雑《ふくざつ》に入り組んでいて、キンちゃんのざっくりした地図ではまったく役に立たなかった。

「あっちかな?」

「いや、こっちかな？」

さんざん歩き回って、あたしの足は悲鳴を上げていた。親指が痛《いた》い。もう限界《げんかい》。電信柱にもたれ、きつきつのファーブーツをぬいで足の指を伸《の》ばしていると、

「あった！」

五十嵐《いがらし》あさみが行き止まりの路地の奥《おく》を指差していた。入り口には自転車がいっぱい止まっている。ドアのそばに赤い看板《かんばん》があって、「食堂つねちゃん」と書かれていた。

「よかったあ」

約束の十二時をとっくにすぎていた。

「ごめんくださーい」

五十嵐あさみを筆頭に、あたしたちはまるでブレーメンの音楽隊みたいに頭を重ねて、細くあけたドアからおそるおそる中をのぞきこんだ。

「いらっしゃあーい！」

威勢《いせい》のいいおばさんの声と、「おう」というサッカー部員たちの野太い声にむかえられた。

せまい店内はものすごい熱気。表の寒さがうそのように、二十二人の男子中学生たちの汗《あせ》の

匂《にお》いと料理の匂いでむせかえるようだった。うしろで満里《まり》が「こほっ」と小さくせきこんだ。

「おじゃましまーす」

無理やり体をねじこむようにして中に入り、お花を渡《わた》すと、おばさんはものすごく喜んでくれた。

——この人がキンちゃんのお母さんなんだ。

思わずまじまじと見つめてしまった。キンちゃんと違《ちが》って目が大きい。だけど、いかにもパワフルそうなところがよく似《に》ている。

「うれしいわあ。むさくるしい連中ばかりのサッカー部に、こーんなかわいいお嬢《じょう》ちゃんが三人も入ってくれるやなんて」

というおばさんに、

「むさくるしくて悪かったですねえ」

お調子者の藤田《ふじた》くんがつっこみを入れていた。キンちゃんと同じく、おばさんもやっぱり関西なまりだ。

「あ、あの、あたしたち、正式なマネージャーじゃなくて、ただの押《お》しかけなんです」

ひらひらと手をふりながら、五十嵐《いがらし》あさみがさかんに言《い》い訳《わけ》をした。そんなあさみに顔を近づけると、おばさんは、

「そんなの関係ない、関係ない。世の中、いついたもん勝ちやで」

とゆっくりと区切るようにいって、不敵《ふてき》な笑いを浮《う》かべた。不敵ではあっても、いやな感じはなく、見ているだけでスカッとするような笑顔だった。きっと気持ちの大きい人なんだ。

「それにしても、あんたらよかったなあ。どうよ、部に女の子がおるって」

おばさんは、あたしたちが今まで聞きたくても聞けずにいたことを、サッカー部の連中にずばりと聞いてくれた。どきどきしながら返事を待つ。

「やっぱええもんですわー」

いつもおちゃらけてばかりの藤田《ふじた》くんが、照れかくしか、おばさんの関西弁《かんさいべん》がうつったような口調でいった。ほかの子たちも、

「練習にリキが入るよな」

「タイムはかってくれたり、部室きれいにしてくれたり、助かるよな」

と、おおむね歓迎《かんげい》してくれている様子だ。

「よかったぁ」

めずらしくほおを紅潮《こうちょう》させたあさみが、うれしそうにあたしと満里《まり》をふりかえった。

「それやったら、女の子たち、大事にせんとあかんやん。さ、食べて、食べて。今からソーキ汁《じる》つくるからね」

男の子たちに目力で念を押《お》すと、おばさんはエプロンのひもをしめて立ち上がった。テーブルには、豚《ぶた》の角煮《かくに》、野菜ととうふのいためもの、炊《た》きこみごはんと、ごちそうがいっぱい並《なら》んでいた。目を白黒させて突《つ》っ立《た》っているあたしたちに、

「ほら」

とキンちゃんが小皿とはしを渡《わた》してくれた。ぶっきらぼうな言い方だったけれど、目がやさしかった。

「ありがと」

受け取るとき、ちょっと指がふれた。そこから電気が走って、あたしは感電したみたいに真《ま》っ赤《か》になった。

——やっぱりあたしは、キンちゃんが好きだ。

あらためて、かみしめるように胸《むね》の中でつぶやいていた。ひさしぶりに会うキンちゃんの声が、姿《すがた》が、存在《そんざい》のぜんぶが、なつかしくてたまらなかった。

おばさんがつくってくれたお汁《つゆ》は、冷え切っていた体にしみた。豚肉《ぶたにく》が入っているのにあっさりしていて、いくらでも入りそうだった。しっかりと血や肉になってくれる食べものって感じがした。毎日こんなごはんを食べてるから、キンちゃんはあんなにパワフルなんだ。またひとつキンちゃんを発見した気がした。

「沖縄《おきなわ》のお正月は、お雑煮《ぞうに》と違《ちご》うて、このソーキ汁《じる》で祝うんよ」

夢中《むちゅう》で食べているあたしたちに目を細めながら、おばさんが教えてくれた。

「いっぱい食べてや。おかわり自由やからね。おばさんはあんたたちのサポーターなんやからね」

「ちょっとこわいけど……」

コタちゃんのつぶやきが、みんながソーキ汁に夢中のせいでしーんとしていた店内に、思いがけず大きくひびいた。

「あれ?」

といった表情《ひょうじょう》で周囲を見回し、カメみたいに首をすくめたコタちゃんに笑いがわいた。

「だよなー。『ぼけっとするんやない！　行け、行けー』とか、どなりまくるもんな」

「『そこ決めなくてどうするんや！　あんぽんたん』とかいうしな」

「オカンの応援《おうえん》が一番メーワク」

いっせいにキンちゃんはじめ、サッカー部の連中がブーイングをはじめると、おばさんは、

「なあに、いうとんや！　人間、気迫《きはく》や。それでのうてもへたなんやから、気迫で押《お》さんと、どうすんの！　ポジション変えられたくらいで、ぐずぐずいうんやない！」

と一喝《いっかつ》した。すごい迫力《はくりょく》。あたしは思わずキンちゃんの顔色をうかがった。キンちゃんはじめサッカー部の連中は、ぐうの音も出ないようだ。でもおばさんの、その疑《うたが》いのない前向きさが気持ちよかった。

――おにぎりのお礼、いわなきゃ。

あたしは料理を口に運ぶ間も、ずっとそのことが気にかかっていた。

あさみが福山《ふくやま》くんの隣《となり》の席をゲットし、満里《まり》がコタちゃんと話してる間に、カウンターの向こうで洗《あら》いものをはじめたおばさんに、思い切って声をかけた。

「あ、あの、いつも、おにぎり、ごちそうさまです」

「え？」

とシンクから顔を上げたおばさんは、一瞬《いっしゅん》けげんそうにあたしを見つめると、

「あんたやったん」

と、ますます目を大きくした。そして続けて、

「そうか、そうか」

と、ひとりでふくみ笑いをしている。

「ごめん、ごめん。いやね、『友だちのぶんもつくって』って哲《てつ》がいうし、てっきり男の子やと思うてたんよ」

あたしはなんて答えればいいのかわからなくて、下を向いた。

「うれしいわあ。こんなかわいいお嬢《じょう》ちゃんが食べてくれとったんやなあ」

カウンターごしに、おばさんはとてもやさしい目で、あたしを見つめた。くすぐったくなるくらい、情《じょう》のこもったまなざしだった。続いて、

「豚《ぶた》の角煮《かくに》のおにぎり、おいしかったやろ」

と聞かれたので、

「はい！　世界で一番おいしかったです」

と思わずダイの口ぐせで答えていた。そんなあたしに、おばさんは細められるだけ目を細めて、にっこり笑った。するとキンちゃんそっくりの顔になった。同じように左のほおにえくぼが浮《う》かぶ。その笑顔のまま、おばさんは、

「またつくるしな。これからも、哲と仲良うしてやってな。ちょっと変わり者やけど」

といってくれた。望むところだ。

「はい！」

というあたしの大きな返事に、おばさんはうれしくてたまらないというように相好《そうごう》を崩《くず》し、

「あんた、ちょっとやせすぎちゃう？　もっとばんばん食べんとあかんよ」

と洗剤《せんざい》がついたままのおたまをふり回した。とび散った泡《あわ》があたしのおでこにかかった。

続いてはじまったおばさんの身の上話に、あたしは引きこまれた。

「あたしがあんたぐらいのときは、もっともっとやせっぽちでな。いっつも食べもののことばっかり考えとった。ほかのこと考えよう思ても、考えられんのよ。おなかがすいて、すいて

なあ。あるとき、とおりかかった家の庭で、取ってくださいといわんばかりに柿《かき》の実がぶら下がっとるわけ。うれしゅうてね、もぎとってあわててかぶりついたら、なんとこれが渋柿《しぶがき》。舌《した》全体がしびれるようなあの渋《しぶ》みは、いまだに忘《わす》れられんわ。あー、話してるだけで口の中が渋うなった」

おばさんは、いかにも渋そうに顔をゆがめると、いそいでコップに水をくみ、ごくごく飲《の》み干《ほ》した。

「どうしてそんなに、おなかがすいてたんですか」

人ごととは思えず、あたしはカウンターに身を乗り出すようにしてたずねていた。

「中学に入ってすぐ、父親が商売に失敗して母親とふたりして夜逃《よに》げしてしもうてね。ひとり残されたあたしは親戚《しんせき》の家を転々としとったんやけど、親戚やって子だくさんやらなんやらで、貧乏《びんぼう》でさ。あたしに食べさせる余裕《よゆう》なんてないわけよ。あのころは学校の給食だけで生き延《の》びてたようなもんやね。そやから、夏休みや冬休みなんかの長い休みは悲惨《ひさん》やったわ」

「……」

あたしはかえす言葉が見つからなかった。

「中学出て食堂に就職《しゅうしょく》して、はじめてまかないを出されたときは感激《かんげき》したわあ。おいしい食べものの匂《にお》いにかこまれて仕事をして、それでごはんが食べられるやなんて、こんな夢《ゆめ》みたいなことが世の中にあるんやって、舞《ま》い上《あ》がりそうになった」

それ、わかる気がする。

「そやから、今でもおなかをすかせとる人を見ると、いても立ってもおられんようになるんよ、ごはん食べさせとうて。ま、食堂はあたしの天職《てんしょく》みたいなもんやね」

このおばさんはスゴイ！　両親ともいなくて、あたしなんかよりよっぽどひどい境遇《きょうぐう》を生きぬいてきて、そのうえ、こんなに人にやさしい。おばさんの語る言葉のひとつひとつが、力を持ってあたしの心に食いこんできた。

「哲《てつ》にもね、苦労させてしもうたんよ。小さいころに父親と別れたせいで、あたしははたらきづめやったし、小学三年生のときに、大阪《おおさか》から友達のひとりもいないこっちに転校してきたやんか、きっとさびしい思いもしたと思うよ。ま、食べものだけは不自由させんかったけどね」

——え、キンちゃん、お父さんいないのか。そんなことなんにもいわなかった。あたしが家のことでぐちをこぼしたときも、自分のことはなんにもいわないで黙《だま》って聞いてくれた。

あたしは、腕《うで》にもほおにも鳥肌《とりはだ》が立つのを感じた。

——あたし、自分のことしか考えてなかった。

知らず知らず泣いていた。

「あらま、どないしよう。泣かせてしもうた。ごめん、ごめん」

あわてるおばさんに、キンちゃんがすっとんできた。

「オカン！　なにしたんや！」

「なにって、なんにもするわけないやろ」

あまりのキンちゃんの剣幕《けんまく》に、おばさんは手にしていたふきんをもみながら、さかんに言《い》い訳《わけ》をした。ふたりのいい争いの原因《げんいん》が自分だと思うと申し訳なくて、それでも心配してくれるふたりがうれしくて、よけいにあたしの涙《なみだ》は止まらなくなった。

理由も聞かず、満里《まり》があたしの背中《せなか》に手を当ててさすってくれた。それにまた泣けて、あたしはその場に突《つ》っ立《た》ったまま、こわれた蛇口《じゃぐち》みたいにとめどなく涙を流し続けた。カッコ悪かった。サイテーだった。だけど、心にたまったおりのようなものが全部流れていく気持ちよさを、心のどこかで感じ取っていた。

11

冬季リーグ

日がのぼるにつれ、夜のうちに凍《こお》っていたグラウンドの土が溶《と》け、ぬかるみとなってとび散った。全身泥《どろ》まみれの選手たちが、グラウンドせましと疾走《しっそう》する。

冬季リーグ第一戦は、激闘《げきとう》となった。0対0の攻防《こうぼう》が後半まで持ちこされていた。会場は隣《となり》町《まち》の中学校。

相手チームは毎年ベスト8《エイト》入りしている強豪校《きょうごうこう》だ。なんとか0点におさえているとはいえ、ずっと押《お》しこまれていた。あぶないシーンの連続。何度もゴールをおびやかされ、キーパーの福山《ふくやま》くんは歯を食いしばってその猛攻《もうこう》に耐《た》えていた。

はじめて試合の応援《おうえん》にきたあさみと満里《まり》とあたしは、その迫力《はくりょく》に声を出すのも忘《わす》れて立《た》ち尽《つ》くしていた。それでも満里はスコアボードを手に、せっせとスコアを記録している。オフサイド3、コーナーキック2、こういう地道な作業が、満里にはどんぴしゃ合っていたらしい。

相手チームからシュートが放たれるたび、息が止まった。あさみはほぼ彫像状態《ちょうぞうじょうたい》だ。ぴくりとも動かない。あやうくオウンゴールが入りそうになったときには倒《たお》れそうになって、あわてであたしが背中《せなか》をささえた。

何人か家の人たちも応援に来ていた。もちろんキンちゃんのおばさんも。

「足が止まってるやんかー」

「しんどいときこそ、しのがんと、あかんやんか！」

両手をメガホンにしてさけぶ姿《すがた》が、目立ちすぎるほど目立っていた。コタちゃんがいってたこと、ほんとうだったんだ。

「この間はごちそうさまでした」

あたしたち三人がハモりながらお礼をいうと、大きくピースサインをかえしてくれ、「またおいで」といってくれた。

キンちゃんはフォワードからミッドフィルダーにポジションが変わっていた。トップ下という、コタちゃんによると、ゲームメーカーの役割《やくわり》を担《にな》うとても重要なポジションなんだそうだ。


二週間前の始業式の朝。校門が開く時刻《じこく》を見はからって登校してみると、キンちゃんがいた。

「溝口《みぞぐち》、おはようさん」

プラタナスの陰《かげ》にかくれる前に見つかってしまった。すごすごとグラウンドに出て行き、キンちゃんの前に立った。

「この間は、ごめん」

新年会で泣いてしまったことが、ずっと気になっていた。

「おばさんに悪かった」

「オカン、喜んでたで」

頭でポーンポーンとヘディング練習を続けながら、キンちゃんは意外なことをいった。

「え?」

「あたしの話を真剣《しんけん》に聞いてくれて、おまけに泣いてくれた、って。おれなんか、オカンの辛《しん》気《き》くさい話なんか聞いてやらんし」

おっと。あやうく落としそうになったボールを、キンちゃんは体を沈《しず》めてかろうじて拾い上げた。すごい！　しゃべりながらよくあんなことができる。

「……よかった」

だけど、あたしにはもうひとつ、今まで聞きたくても聞けなかった大きな気がかりがあった。

「あ、あのげた箱の」

つっかえつっかえ言葉をつぐあたしを、キンちゃんは、

「あー、だれやろな、あんなヒマなことするんは」

と全部はいわせず早口でさえぎると、

「百八十九、百九十、百九十一……」

とすぐにまたボールに集中した。あたしが聞きたいのはそうじゃなくて、犯人《はんにん》なんてどうでもよくてと、じれったかったけれど、もうそれ以上つっこむ勇気はなかった。こわすぎる。それに一刻《いっこく》を惜《お》しむように練習しているキンちゃんのじゃまはしたくなかった。

「二百！　すごい」

聞くのをあきらめたあたしが、声を上げたときだ。ヘディングをストップしたキンちゃんが、ぼそっとつぶやいた。

「でも、おれ、いやちゃうかったで」

ボールに目を落としたままつぶやく声が、上ずってかすれていた。

「え？」

制服《せいふく》の上からでもはっきりわかるほど、あたしの胸《むね》がはね上がる。「いやちゃうかったで」「いやちゃうかったで」胸の中で二回リフレインしてから、ようやく意味を理解《りかい》した。とたんに、爆発的《ばくはつてき》な喜びで頭が白く発光した。

「あたしも！」

グラウンドにひびき渡《わた》るほど大きな声をはり上げていた。もともと地声がでかいのだ。

胸《むね》のつかえが取れたあたしは、むせるほど冷たい空気を一気に肺《はい》へと送りこんで、空を見上げた。

――よかったぁ。

サーモンピンクの雲が、筋《すじ》となって、たなびいていた。山ぎわを赤くふち取りながら、朝日が顔をのぞかせた。キンちゃんの髪《かみ》の毛《け》に上ったばかりの太陽の光が反射《はんしゃ》してかがやいた。

ダイの口ぐせ、世界で一番好きなもの。あたしにとってのそれは、今のこの瞬間《しゅんかん》とキンちゃんだ。

あたしは、ぶるっと全身をふるわせた。ずっと体をおおっていたもやが、一気に晴れていくのを感じた。

「すごいね、ヘディング」

声が少しふるえた。

「おれ、もうだれのせいにもせえへん」

いきなりの決意表明のようなキンちゃんのセリフにとまどった。

「え？」

キンちゃんはイワトビペンギンのような眉《まゆ》をますますピンとはね上げると、

「徹底的《てっていてき》に基本《きほん》からやり直すって決めたんや。おれがおれを超《こ》えんと、どうしようもないやん」

フォワードをはずされてからのキンちゃんは、ずっと苦しんでいた。もがき、いら立つキンちゃんを見ているのは、つらかった。

「原田《はらだ》が悪いんだよ」

思わずつぶやいたら、

「そうとちゃう」

速攻《そっこう》で否定《ひてい》された。

「チームで闘《たたか》わんと勝てんのは、原田のいうとおりやろ？」

しぶしぶうなずいた。

「ぐだぐだいってるヒマがあったら前へ進めって、おまえが貸《か》してくれたCDが教えてくれた」

「ほら、『越《こ》えられない高い壁《かべ》は　ぶつかってぶっ壊《こわ》して』って歌あるやん」

「ファンモンが？」

『悲しみなんて笑い飛ばせ』だ！　あたしも大好きな曲。

「あれ聴《き》いて、吹《ふ》っ切《き》れた。ありがとな。大事なＣＤなんやろ？　今度かえすしな」

「あ、いいよ、いいよ、ゆっくりで」

あたしはあわててばたばたと両手をふった。ほんとうは今すぐ聴きたくてたまらなかったけど、やせ我慢《がまん》をした。

――キンちゃん、トンネルをぬけたんだ。

自分が少しでもその役に立てたことが、誇《ほこ》らしくてうれしかった。

ピーッ
審判《しんぱん》のホイッスルにハッと我《われ》にかえると、試合は中断《ちゅうだん》していた。どうやら相手側の反則《はんそく》で、フリーキックがあたえられたらしい。キッカーは福山《ふくやま》くん。試合の残り時間はあと四分。キーパーの福山くんが蹴《け》るなんて、よほどの最終局面だ。静まりかえった観客は、固唾《かたず》をのんで福山くんの足もとを見守った。

あたしたちのサッカー部は弱小チームだ。部員数も少ないし、過去《かこ》五年間公式試合で初戦を突破《とっぱ》したことがない。初戦突破、これがチームの悲願なのだ。

「福山くん、がんばって！」

目をつむった五十嵐《いがらし》あさみが胸《むね》の前で組んだ手に広めのおでこをこすりつける。その乙女《おとめ》チックなしぐさが、びっくりするほど似合《にあ》っていなかった。

福山くんの蹴ったボールは、まっすぐに背番号《せばんごう》7をつけたキンちゃんに向かってとんでいった。フォワードの選手たちがゴールに向かって、突進《とっしん》する。

その瞬間《しゅんかん》だった。パスを回すだろうという周囲の予想を裏切《うらぎ》って、高くとび上がったキンちゃんはそのまま空中で体をひねり、ゴールに向かってボールを蹴りこんだ。目の覚めるようなプレーだった。ああ、この局面でゴールをねらうなんて、なんてキンちゃんらしい。あたしの胃がぎゅっとねじれた。

——入って！

思わず両手を組んでいた。

「おう、ボレーシュート！」

観客席がどよめいた。

惜《お》しくもボールはポストにはじかれて、ネットをゆらすことはできなかった。それでも、流れを変えるきっかけにはなった。このあと、チームの猛攻《もうこう》がはじまった。まばたきするのも忘《わす》れて、あたしは右に左に展開《てんかい》するボールの行方《ゆくえ》を追った。

そのあと、ハプニングが起こった。体をはったプレイで、キンちゃんが相手ディフェンスからボールを奪《うば》い取《と》ったときだ。

「やった！　一対一だったら、ぜったいにキンちゃんはせり負けないもんね」

コタちゃんが黄色い声をはり上げたとたん、ロングシュートを放ったキンちゃんがグラウンドに倒《たお》れこんだ。ひざをかかえて身もだえする姿《すがた》に、

「あのバカ！　試合中に足がつるやなんて、サイテーや！」

どやしつけに行かんばかりの勢《いきお》いで、キンちゃんのおばさんが地団駄《じだんだ》をふんだ。声も出せず見守るあたしの目の前で、足を引きずりながら、すぐにキンちゃんは立ち上がった。そして、ふたたびなにごともなかったように戦線に復帰《ふっき》した。その姿にあたしは胸《むね》をつかれた。

――サッカーは、キンちゃんのすべてなんだ。

グラウンドを走り回るキンちゃんを見ていると、それがよくわかる。ぜったいに奪われたくないという強い思い、奪われたくやしさ、あせり、勝ちたいという強烈《きょうれつ》な欲求《よっきゅう》、そしてなによりサッカーをやる喜び。そんなキンちゃんの心のすべてが、グラウンドせましと駆《か》け回《まわ》る姿から伝わってくる。そのとき、

「股《また》ぬきだー」

コタちゃんがさけんだ。見ると、キンちゃんが相手ディフェンスの股の間をすりぬけて、うまくパスを通したところだった。ところが相手ディフェンスの必死のマークに、自分ではシュートをねらえそうもない。ゴール正面やや左寄《ひだりよ》りで11番、藤田《ふじた》くんが待っていた。それを確認《かくにん》するやいなや、キンちゃんはまっすぐに藤田くんに向かってボールをパスした。機《き》を逃《のが》さず走りこんだ藤田くんが、思いっきり大きく右足をふりぬいた。

ズボッ!

ゴールキーパーのわきの下をすりぬけたボールは、ネットに深く突《つ》き刺《さ》さった。相手チームのキーパーが頭を抱《かか》えて天をあおぎながら、ひざから崩《くず》れた。

「キャーッ」

自分が上げた悲鳴か、五十嵐《いがらし》あさみが上げた悲鳴かわからなかった。気がついたら、抱《だ》き合《あ》ってとびはねていた。ほおを上気させた満里《まり》は、スコアブックのゴール欄《らん》に、「1」と筆圧《ひつあつ》の強い字で書きこんだ。眼鏡《めがね》がずり落ちて、鼻が真《ま》っ赤《か》になっていた。

その直後、ゲーム終了《しゅうりょう》のホイッスルが鳴った。

──勝った。うちらは勝った。

腹《はら》の底から突《つ》き上《あ》げるような熱い感情《かんじょう》の渦《うず》がわき上がってきた。中でも強烈《きょうれつ》だったのは、誇《ほこ》らしさだ。自分たちもふくめてサッカー部の仲間への誇らしさ。キンちゃんへの誇らしさ。キンちゃんは今この瞬間《しゅんかん》、仲間を信じてボールを託《たく》す強さを手に入れたのだ。それはすごいことだ。

──うちらは強い。なんだってできる。どこへだって行ける。

根拠《こんきょ》のまるでない自信がふつふつと押《お》し寄《よ》せてきて、「どんとこい！」とばかりに、あたしは寒風吹《ふ》き荒《あ》れるグラウンドで仁王立《におうだ》ちしていた。

満面笑みの選手たちをハイタッチでむかえた。

あたしの勝手な思いこみかもしれないけれど、キンちゃんのあたしへのハイタッチはほかの子のときより、ずっと力がこもってる気がした。バチンッ。音まで出た。その数秒間、キンちゃんはあたしの瞳《ひとみ》から目をそらさなかった。強い光を放つ細い目から、万感の思いが伝わってきた。校庭をひとり歩いてくるキンちゃんを見つけたあの朝、昇降口《しょうこうぐち》からあたしを見上げた鋭《するど》いまなざし。あの磁力《じりょく》に引かれて、ここまできた。胸《むね》がキュンとなって泣きそうになった。

全身泥《どろ》だらけの藤田《ふじた》くんたちが、コタちゃんをいじっていた。

「こらっ、なんでおまえだけそんな新品のスパイクはいてんの」

「せっかく応援《おうえん》で試合に参加したんだし、みんなでよごしてやる」

「そうだ、そうだ。ようがんばったなあ、コタロー」

みんなが寄ってたかって、新品のコタちゃんのスパイクに泥だらけの自分のスパイクをこすりつける。中にはどろどろのジャージでコタちゃんの顔をぬぐっている者までいた。

「やめて、やめて」

といいながら、コタちゃんもうれしそうだった。

冬季リーグは、六月にある地区総体《そうたい》のシード決めの大会なので、六チームでトーナメント戦を行う。だからまだ、あと二試合残っている。

「気を引きしめていこう」

さすがに今日は、原田《はらだ》も相好《そうごう》を崩《くず》している。いつもと違《ちが》って、あっさりした訓示《くんじ》のあと、すぐに解散《かいさん》となった。


先に帰る気がしなくて、あさみと満里《まり》とあたしは、グラウンド隅《すみ》の鉄棒《てつぼう》で遊びながら、サッカー部の連中が着がえて出てくるのを待っていた。

「遊《ゆう》、パンツ丸見えー」

逆上《さかあ》がりに挑戦《ちょうせん》するあたしを、五十嵐《いがらし》あさみがからかう。

「短パンはいてるもんねー。それにしても体、重いー」

小学生のころはあんなに簡単《かんたん》にできたのに、なんでできないんだろう。ムキになって何度も足をふり上げていると、

「ケツがでかくなったせいでーす」

とあさみが、身もふたもないことをいった。するといつもなら、「そんなことないよ」となぐ

さめてくれるはずの満里までが、

「だって、うちら、もうおばさんだもん」

とますます追い打ちをかけてくる。そうなると、あたしの意地っぱりに火がついた。

「ゼッタイにやってやる」

きっとまだ勝利の喜びの埋《う》もれ火《び》が体の中でくすぶっていたせいだろう、体の底からわき上がるエネルギーをもてあましていた。あたしは、制服《せいふく》の脇《わき》でてのひらの汗《あせ》をぬぐい、ぺっぺっとつばを吐《は》きかけた。

「とおりゃー」

できた！　世界がくるりと回転したとたん、視界《しかい》が高くなった。これ、これ、この感じがたまらないんだよなあ。あたしは鉄棒の上でのどをのけぞらせて、「くけけけ」と笑った。

「でたー、遊のカエル笑い」

満里とあさみは手を打って笑い転げた。

見上げた冬の高い空に、二本のひこうき雲がくっきりとした白線を描《えが》きながら走っていた。

「きれー」

鉄棒《てつぼう》の上で歓声《かんせい》を上げるあたしをまぶしそうに見上げながら、満里《まり》が、

「遊《ゆう》は、昔からほんと、ひこうき雲が好きだよねえ」

といった。

「うん。大好きー」

「ただのひこうきの排気《はいき》ガスじゃん。どこがそんなにいいわけ？」

ふしぎそうに、あさみにつっこまれた。そういわれると、反論《はんろん》の余地《よち》がない。

「きっと遠いどこかにあこがれがあるからだよ」

かわりに満里が答えてくれた。

「遊って、ときどきそんな目をしてるもん」

そうかもしれない。ひこうき雲を見ていると、世界はここだけじゃないって、思える。おまえはどこへだって行ける、自由なんだって背中《せなか》を押《お》してもらえる気がする。

「だけどひこうき雲が出るってことは、明日は雨ってことだよ」

あくまでも、あさみはクールに水を差す。

「え、そうなの？」

腕《うで》がだるくなったあたしは、鉄棒からとび降《お》りた。

「そうだよ。だって空気中に湿気《しっけ》が多いから、雲ができるんじゃん」

「低気圧《ていきあつ》が近づいてる証拠《しょうこ》なんだよね。あたしはぜんそくが出そうになる」

満里は眉間《みけん》にしわを寄《よ》せて、ゴホッとせきこんだ。

そうなのか、知らなかった。そういえば母親が調子を崩《くず》すのも、ひこうき雲が出た翌日《よくじつ》あたりが多い気がする。あたしにとっては心ふくらむひこうき雲も、満里や母親の体にはよくなかったりするんだ。うーん、ものごとって、なんにでもいい面と悪い面があるんだね。

あたしは頭をそらせてもう一度空を見上げた。スカイブルーの空にシャープな白い線を引くひこうき雲は、後尾《こうび》から少しずつぼやけて、うっすらと空に溶《と》けこんでいた。やっぱりとてもきれいだった。

「それでもあたしは、ひこうき雲が好きだー」

あたしは空に向かって宣言《せんげん》した。

「おう。待っててくれたの」

福山《ふくやま》くんを先頭に、サッカー部の連中が更衣室《こういしつ》がわりの体育館から出てきた。全員、泥《どろ》を落としてさっぱりした表情《ひょうじょう》だ。

待ってましたとばかりに五十嵐《いがらし》あさみが駆《か》け寄《よ》っていく。その様子がまるで飼《か》い主《ぬし》を見つけた子犬そっくりで、ぶんぶんふってるしっぽまで見えるようだった。

ぞろぞろと長い列をつくって、駅までの道を歩いた。そこで流れ解散《かいさん》となった。

電車の中でキンちゃんが、「おもしろい店があるし、みんなで行かへんか」というので、福山くんとコタちゃんとあさみと満里《まり》とあたしの六人で行こうという話がまとまった。

自分たちの町の駅で電車を降《お》りて、駐輪場《ちゅうりんじょう》から自転車を引き出し、五人のうしろから押《お》して歩いた。少し遅《おく》れ気味に歩きながら、あたしはこみ上げてくる笑いをおさえ切れずにいた。くけけけ、くけけけ。

——信じられない。この流れ。

始業のチャイムの鳴りひびく校庭で、はじめてキンちゃんを見つけたあの朝から考えると、ほんとうに奇跡《きせき》としか思えなかった。

五十嵐あさみは上半身をかたむけて福山くんに猛攻《もうこう》をかけているし、コタちゃんと満里はまるで仲のいい姉弟みたいにおしゃべりに夢中《むちゅう》だ。先頭を行くキンちゃんはやけにはり切って、いつもより口数が多い。

――いいなあ、いいなあ。これって青春だよなあ。

幸福感に酔《よ》いしれながら、みんなについて、まるで迷路《めいろ》のような裏町《うらまち》を路地から路地へとたどっているうちに、ふいに不安におそわれた。

――ひょっとして、これって夢《ゆめ》？

夢だったら覚めないでほしい。あたしはほっぺたをつねってみた。いたっ。よかった、夢なんかじゃない。巨大《きょだい》迷路に迷《まよ》いこんだ夢を見ているのだったら、どうしようと思った。

「着いたで」

キンちゃんの声に顔を上げると、目の前にはそれこそ夢の中みたいな、色とりどりのガムやゼリーの箱を路地の真ん中まではみ出させた駄菓子屋《だがしや》があった。「島屋《しまや》」と書かれた木の看板《かんばん》がかかっている。あたり一面にクレープを焼く甘《あま》い匂《にお》いが漂《ただよ》っていた。

間口のせまい店の道路に面して大きな窓《まど》があって、そこで女の人が首からかけたタオルで汗《あせ》をぬぐいながらクレープを焼いていた。

「ねえちゃん、来たで」

キンちゃんが声をかけると、

「あれえ、哲《てっ》ちゃん。ひさしぶりに来てくれたと思ったら、女連れ？」

がっかりだわと、女の人は豪快《ごうかい》に笑った。

「クレープ食う？」

キンちゃんが聞くので見ると、窓の脇《わき》の黒板のメニューに、「クレープどれでも百円。チョコレート、アイスクリーム、バナナ、ストロベリー、ポテトサラダ、シーチキン、ソーセージ」とあった。

「うまいで、ここのクレープ。注文してから、ねえちゃんが焼いてくれるし、できたてや」

「哲ちゃん、小学生のころは毎日来てくれてたもんね」

と、ねえちゃんがなつかしそうに目を細めると、キンちゃんは、

「おれ、三年生のときに引っこしてきたやろ。行くとこ、どっこもなかったし、宿題も店の奥《おく》でやってたんや。そやから、友達もみんなここでできた」

あたしは、キンちゃんの口調がなんだか幼《おさな》くなっているのに気がついた。

「そうそう。そのあと、横の空き地でサッカーやってたよね」

そうか！　キンちゃんのサッカーの原点はここだったのか。「ねえちゃん」と呼《よ》ばれた女の人とキンちゃんとの昔話は尽《つ》きなかった。それを聞いていると、今日キンちゃんがあたしたちをここに連れてきたかった理由がわかる気がした。

「奥にイートインコーナーがあるんやで」

得意げなキンちゃんに案内されて、迷路《めいろ》みたいに並《なら》べられたお菓子《かし》の間をぬって奥に入ると、二畳間《じょうま》ほどのスペースに、形も大きさもバラバラのテーブルと椅子《いす》がおかれていた。壁《かべ》には額《がく》に入ったジグソーパズルの大きな海の絵がかかっている。海底の砂《すな》まで透《す》けて見える、とてもきれいな海だ。

「うちのおかんも、ねえちゃん家《ち》も、沖縄《おきなわ》出身なんや」

「そ。沖縄から出てきたばあちゃんがこの店を開いて、うちで三代目」

そうか、だから「島屋《しまや》」なのか。それにしても、ねえちゃんのざっくばらんな性格《せいかく》といい、わくわくするような品ぞろえといい、なんとも居心地《いごこち》のいい空間だ。近所の子どもたちの憩《いこ》いの場《ば》ということがよくわかる。梅しば、ビッグカツ、ラムネ菓子《がし》。なつかしいおやつが並《なら》ぶ店内を見回していると、隅《すみ》のテーブルで宿題をする小学生のキンちゃんが目に浮《う》かぶ。

「ぼく、チョコレートクレープ」

「あたしはストロベリー」

「おれ、腹《はら》へってるし、ポテトサラダとソーセージ」

口ぐちのみんなの注文に、

「はいよ」

と威勢《いせい》よく答えると、ねえちゃんは分厚《ぶあつ》い鉄板に、ジャーと種を流した。甘《あま》いクレープの匂《にお》いと湯気が立ち上る。その間もキンちゃんとのおしゃべりは止まらなかった。

「このごろ、大輔《だいすけ》来る？」

「来るよー。たしか昨日も来たよ」

「山《やま》ちゃんは？」

「あの子は最近見てないね」

「ねえちゃん、焼きすぎちゃうん？」

「こげたね。これ、あんたのぶん」

「えぇー、それってひどくね？　おれも一応《いちおう》客やし」

「あんたは客とはいいません。身内、身内」

キンちゃんとねえちゃんとの親しげなやりとりを聞いているうち、あたしの胸《むね》がみょうにざわつきはじめる。

——なに、キンちゃんとやけにでれでれして。なんかヤな気分。

あたしは嫉妬《しっと》に似《に》た感情《かんじょう》におそわれた。こんなステキな居場所《いばしょ》を持っているキンちゃんにか、キンちゃんと親しげに軽口をたたいているねえちゃんにかは、わからなかったけれど……。

「これ、いくらですか」

クレープを食べ終えて店内を物色していたコタちゃんが、なにか見つけたようだ。

「二十円」

「ください」

「なに、なに？　なに買った？」

「ちょっと待って」

興味津々《きょうみしんしん》のみんなを牽制《けんせい》するように背《せ》を向けたコタちゃんが、くるりとふりかえると、なん

とくちびるの形をした真《ま》っ赤《か》なグミをくちびるにのっけていた。それがものすごく色っぽくて、

「ギャハハハハー。受けるー」

五十嵐《いがらし》あさみが両手をたたいて笑い転げた。バカ受けだ。

「あたしも」

「おれも」

みんなは競《きそ》い合《あ》うように、くちびる形のグミを買って、自分のくちびるにのせた。

ところが、福山《ふくやま》くんの変身ぶりに、あさみが引いた。

「……ちょっとやばくない？　あたしよりきれいじゃん」

もともと美形で色白の福山くんに、ぷっくり肉厚《にくあつ》の真っ赤なくちびるは、似合《にあ》いすぎるほど似合っていた。あさみが引くのも無理はない。満里《まり》が眼鏡《めがね》ごしに、あたしに向かってウインクした。あたしは笑いをかみ殺すのに苦労した。

夕暮《ゆうぐ》れのオレンジ色の光が、せまい店内に深く差しこむころには、店はだんだん混《こ》み合《あ》ってきた。

「ねえちゃん、見たって。おれの嫁《よめ》さんと子ども」

「おおー、コバちゃん。結婚《けっこん》したの！　おめでとう」

小さな女の子を誇《ほこ》らしげに抱《だ》いた男性《だんせい》に、ねえちゃんが歓声《かんせい》を上げた。男性の隣《となり》では身長差三十センチはありそうなかわいいお嫁さんが、ニコニコと笑いながら頭を下げていた。

「あんた、中学んときはソリこみ入れて、ワルやってたけど、こんなかわいいお嫁さんもらえて、ほんとうによかったねえ」

感無量といった様子のねえちゃんは、首から下げたタオルで目尻《めじり》をぬぐった。

「もう父親だしね。アホやっとられません」

男性が小さな女の子のほっぺたにチューをすると、女の子はキャッキャッとはしゃいで体をのけぞらせた。

「あー、あぶない。落っこちる」

とあわててお嫁さんが両手を差し伸《の》べる。

あたしは、その光景に見とれた。オレンジ色の光をまぶした若《わか》い家族連れが、この世のなにものにも勝《まさ》る美しいものに思えた。

――いつか、あたしもあんなふうになれるかな。

チリチリとしたあこがれが胸《むね》をこがした。

「また来るわ。ねえちゃんも早く結婚《けっこん》してください」

店を出て行きぎわの男性《だんせい》の言葉で、ねえちゃんがまだ独身《どくしん》だとわかった。

「わたしのことは放っといて」

ぷくっとほおをふくらませたねえちゃんが、みょうにかわいくて、思わずあたしは、はずんだ声を上げていた。

「キンちゃん、あたし、ここ好き。また連れてきて」

自分の大胆《だいたん》さに自分でびっくりした。いったあと、うろたえるあたしにキンちゃんは、

「おう。いつでも連れてきたる」

と即答《そくとう》してくれた。体中を駆《か》けめぐる血の音が聞こえるようだった。ドッドッ、ドッドッ。耳の先まで熱くなった。ちょんちょんと満里《まり》のひじがあたしのわき腹《ばら》をつつくのを、わざと無視《むし》した。じゃないと泣いてしまいそうだった。

「バイバーイ」

「バイバーイ。また明日なあ」

いいかわしながらそれぞれの方角に散っていく。みんなと別れ、自転車のサドルにまたがったときだ。ひとりになったあたしを、キンちゃんが追いかけてきた。そしてすごい力でハンドルをつかむと、あたしの顔をのぞきこむようにしてたずねた。

「さっきいったこと、ほんまか?」

いつもよりずっと早口で、ずっと低い声だった。こわいくらいに真剣《しんけん》だった。

「え?」

なんのことか、すぐにはわからなかった。さっきいったことって、「また連れてきて」ってこと?

あわてて首が折れるほど深くうなずいた。

するとキンちゃんは、八重歯《やえば》をのぞかせてくしゃっと笑うと、

「これ」

となにか四角いものを突き出《だ》した。あたしが貸《か》したファンモンのCDの上にもうひとつCDがのっていた。意味がわからず突っ立っていると、

「この間出たやつ。こっちも、聴《き》いてみて」

と、あたしの手に押《お》しつけてきた。

「貸《か》してくれるの？　ありがとう」

あたしが胸《むね》に抱《だ》くのを確認《かくにん》すると、キンちゃんは一瞬《いっしゅん》べそをかいたような、なんともいえない表情《ひょうじょう》を浮《う》かべ、「じゃな」とあわてて路地の奥《おく》へときびすをかえしていった。

ところが、しばらく行くとまた立ち止まり、今度は顔いっぱいの笑顔で、「じゃな」と大きく両手をふった。左のほおに浮かぶ片《かた》えくぼがたまらなくキュートで、いつまでも心に残った。


――はあ。

何度目かのため息とともに、あたしはサドルから腰《こし》を浮かせた。一刻《いっこく》も早く家に帰って、キンちゃんの貸してくれたCDを聴きたい。そんなはずんだ心と裏腹《うらはら》に、ペダルのひとこぎひとこぎが重くてたまらない。「さっきいったこと、ほんまか？」あたしの気持ちを確《たし》かめるために、わざわざ駆《か》けもどってきたキンちゃん。思い出すたび、胸がずきんとなる。ものすごくうれしいはずなのに、なぜだか受け止め切れなくて、心が重い。どうして？　自分の心理状態《じょうたい》が理解不能《りかいふのう》だった。

校庭を横切ってくるキンちゃんを見つけたあの朝。グラウンド脇《わき》の階段《かいだん》に腰かけて、時間のたつのも忘《わす》れて練習に見入ったあの日。今から思えば、あのころはシンプルだった。だって、ただ自分勝手に、甘《あま》い妄想《もうそう》にひたっていればよかったのだから。

だけど今は違《ちが》う。相手がいる。そして、なにかがはじまる予感に、おびえているあたしがいる。キンちゃんを好きになればなるほど、制御《せいぎょ》不能の感情《かんじょう》にふり回されることがふえて、混乱《こんらん》してしまう自分がこわかった。不安に胸がしめつけられたり、会いたくてたまらなくなったり、キンちゃんの言動に一喜一憂《いっきいちゆう》して心がざわついたり。そしてなにより、キンちゃんにきらわれるのをこわがってる、あたしがいた。きらわれるくらいなら、最初から近寄《ちかよ》らないほうがまし。とまで思ってしまう。要は、傷《きず》つくのがこわいのだ。

——これって、恋《こい》？

だとすれば、恋って楽しいばかりじゃない。

——ああ。

あたしは、なすび色に暮《く》れなずむ空に向かって顔を上げた。西の空の高いところに、笑ったときのキンちゃんの目にそっくりの、くっきりした弓形の月がかかっていた。

じゃあ、キンちゃんを知らないでいたころにもどりたいのか？　自分で自分に問うてみる。

答えはノーだ。ゼッタイにノー！

キンちゃんと知り合ってからの世界は、なんて楽しくて、なんて豊《ゆた》かで、なんてステキなことだろう。キンちゃんといっしょにいると、なにもかもがまるで魔法《まほう》にかけられたみたいに、きらきらとかがやいて見える。うれしさも楽しさも倍になる。

さっきCDを手渡《てわた》されたときの、あのときめき。あれはあたしの人生の中で最上の出来事ではなかったか？　思い出すだけで涙《なみだ》ぐみそうになった。

——だったら。

あたしは奥歯《おくば》をかみしめる。

——楽しめばいい。

これからふたりに起こることの、なにもかもを楽しめばいい。朝練につき合ったり、試合の応援《おうえん》に駆《か》けつけたり、島屋《しまや》のねえちゃんとおしゃべりしたり、キンちゃんとの日々のなにもかもを、思いっきり楽しめばいい。はじまる前からこわがって逃《に》げ出《だ》すなんて、意気地《いくじ》なしだ。もったいなさすぎる。

あたしの中で、なにかがはじけた。

――キンちゃんがいて、あたしがいて、明日が楽しみ。

それ以上、なにがいるだろう。傷《きず》つくことをおそれていては、なにもはじまらない。

心を決めたとたん、光のかけらをまぶしたように、あたりの景色がかがやきを増《ま》した。用水路を流れる水も、遠くでまたたく住宅《じゅうたく》の明かりも、クリスマスのイルミネーションみたいにきらきらと光を生み出していた。この世には、光らないものなんてないんだ。そう思えた。

「よしっ」

あたしは両足のふくらはぎに力をこめて、ペダルをふみこんだ。キンちゃんの目によく似《に》た月が、空の上で笑っていた。


「今何時だと思ってるの！」

玄関《げんかん》で母親が仁王立《におうだ》ちになっていた。思ってもいなかった展開《てんかい》に、一瞬《いっしゅん》頭の中が真っ白になった。あわてて腕時計《うでどけい》をのぞくと、とっくに七時をすぎていた。

「サッカーの試合がこんな遅《おそ》くまであるわけないでしょ！」

たたみかけるようなしゃべり方をする母親を見るのはひさしぶりだ。調子を崩《くず》して以来、たいていだるそうで、あまりしゃべらなくなっていた。

「み、みんなと寄《よ》り道《みち》してたから」

しどろもどろで言《い》い訳《わけ》をした。

「電話ぐらいしてきなさいよ。心配するでしょ！」

「……携帯《けいたい》、持ってないし」

イヤミっぽく聞こえたかなと、上目づかいに顔色をうかがった。すると母親は、

「……そりゃそうよね」

とあっさり認《みと》め、「上がりなさい」というかわりに、くいっとあごをしゃくった。すごい迫力《はくりょく》。昔の母親にもどったみたいだ。

しかられながら、なんだかうれしくなった。ダウンしてたときは、あたしとダイのことさえどうでもよさそうに見えたから……。怒《おこ》るってことは、あたしたちに関心がもどった証拠《しょうこ》だよね。しかし、母親にしかられて喜ぶ中学生なんているか？　自分で自分につっこみを入れたらおかしくなって、

「くけけけ」

と、つい声に出てしまった。

「なに、そのふざけた笑い方。ママ、怒ってるんだからね！」

そういいながらおかしくなったのか、母親もぷっと吹《ふ》き出《だ》した。

「ねえちゃん、お帰りー」

テレビの前から、能天気《のうてんき》な笑顔のダイがふりかえった。前の歯がまたぬけたのか、ほとんどなくなっている。脱力《だつりょく》するほどまぬけなその顔を見ていると、ほっとした。

「ただいまー。ダイ」

「おばあちゃんとスーパーに行ったんだよ。いっぱい買ってもらったんだよ。プリンも、ねえちゃんの好きなフローズンヨーグルトもあるよ。冷蔵庫《れいぞうこ》、満タン、満タン」

興奮《こうふん》ぎみのダイが、つばをとばして報告《ほうこく》してくれる。満タンはガソリンだろと、つっこみそうになったけれど、やめた。

「早くごはん食べなさい」

母親にせかされて見ると、食卓《しょくたく》にはあたしのぶんの夕飯の横に、履歴書《りれきしょ》がおかれていた。

「どうしたの？　これ」

「うん。少しずつ仕事再開《さいかい》しようかと思って」

台所でみそ汁《しる》をあたためていた母親が顔をのぞかせた。

「だいじょうぶなの？」

思わず聞いていた。

「うん。今度は、がんばりすぎないようにがんばる」

「なにそれ、結局、がんばるんじゃん」

みそ汁の椀《わん》を運んできた母親につっこんだ。

「あ、そっか」

ぺろりと舌《した》を出す母親がお茶目で、まるで同い年の女の子みたいに見えた。

「ママは、がんばりすぎるところがいけないんだからね。以後、気をつけるように」

調子に乗ったあたしが上から目線で注意すると、母親は、

「ラジャー！」

と敬礼《けいれい》してみせた。一拍《ぱく》おいて、気がついた。

――あたし、今、ママって呼《よ》んだ。

「ねえちゃん、ハンバーグ、早く食べて。おいしいよ。中にチーズが入ってんだよ」

隣《となり》でダイがさかんに催促《さいそく》する。

「ダイも手伝ってくれたんだよね」

「ねー」と顔を見合わせるふたりを見ていると、クレープを食べたからおなかがすいてないとはいえなくなった。

「いただきまあす」

あたしは、勢《いきお》いよくハンバーグにかぶりついた。かみ口からトロリと流れ出たチーズと、甘《あま》酸《ず》っぱいトマトソースとのからみが絶妙《ぜつみょう》だった。なつかしい母親のハンバーグの味だった。

今はこういっていても、仕事をはじめたらまた母親は調子を崩《くず》すかもしれない。だけどそのときは、そのときだ。今度はおなかをすかせてうずくまるんじゃなくて、あたしが夕飯をつくってあげよう。そうだ、キンちゃんのおばさんの、あのゴマ油と塩のきいたおにぎりをつくってあげたら、喜ぶかもしれない。そうだ、そうしよう。

すごくいいことを思いついた気がして安心したあたしは、つけ合わせのブロッコリーにかぶりついた。

テレビではお笑い芸人が体をはった芸で、観客をわかせていた。
母親とダイが声を合わせて笑った。

12

タコ公園

それから一週間後。試合のない日曜日。

あたしはキンちゃんとタコ公園で待ち合わせをしていた。

「ねえちゃんの店に行かへんか？」

とキンちゃんが誘《さそ》ってくれたのだ。記念すべき初デート。携帯《けいたい》を持たないあたしのために待ち合わせ場所にキンちゃんが選んだのが、タコ公園だった。

「あそこなら人ごみにまぎれることもないし、待たされてもすべり台があるやろ」

というのが選考理由だった。彼氏《かれし》を待つのに、すべり台すべるか？　と思ったけれど、せっかくキンちゃんが一生懸命《いっしょうけんめい》に考えてくれたのだからと、はりこのトラみたいに、こくこくうなずいていた。

新年会のときと同じ、グレーのパーカーをはおって、あたしは自転車をとばした。ブーツはおばあちゃんにもらったお年玉で新調した。

タコ公園にはずいぶん早めに着いてしまった。雲が厚《あつ》く立ちこめて朝から冷えこんでいたせいか、人っ子ひとりいない公園は、ガランとしていた。待ち合わせ時間まで、まだ二十分もある。あたしは冷え切った手に、はぁーっと白い息を吹《ふ》きかけた。

――どうしよう。

落ち着かないあたしの胸《むね》に、ちょっとしたいたずら心がわき起こった。

――かくれておどかしてやろう。

きょろきょろあたりを見回したが、冬枯《ふゆが》れの裸木《はだかぎ》が並《なら》んでいるだけで、身をかくせそうな太い木も場所もない。

――そうだ。

あたしは、タコのおなかのトンネルにかくれることにして、いそいそとのぞきこんだ。

先客がいた。鼻の頭にひっかき傷《きず》のある巨大《きょだい》なネコだ。目つきは悪いし、毛はずいぶんよごれている。ノラだろうか。引きそうになったけれど、かくれる場所といったら、ここしかない。

思い切って、

「失礼します」

と声をかけたら、じろりとにらまれた。だけどおそってくる気配はないので、そのまま背中《せなか》向きに体をもぐりこませた。ネコとの距離《きょり》は五十センチ。「おそうなよ、おそうなよ」心の中で念じながら、しゃがみこんだ。

トンネルの中から見る景色は、ふだんとまるで違《ちが》って見えた。半円形に切り取られた空に、影絵《かげえ》のように裸木《はだかぎ》のシルエットが並《なら》び、どこか見知らぬ国の風景画を見ているみたいだった。鳥が一羽《わ》、空をよぎってとんだ。

——きれー。

こんなきれいな景色の中でキンちゃんを待つ自分は、なんて幸せものなんだろう。この景色とこの空気はきっと一生の宝物《たからもの》になる。そう思って心がふるえた。

そのとき、ふとお尻《しり》のあたりにぬくみを感じた。ふり向くと、ネコとの距離《きょり》が縮《ちぢ》まっていた。その距離、およそ二十センチ。

「くけけけ」

あたしの口から笑いがもれた。きっとネコも寒かったんだね。この図、キンちゃんにも見せてあげたい。

——早く来ないかなあ。

待ちわびて顔を上げたそのとき、空をよぎって白いものが舞《ま》った。

「あ」

と声を上げて見ているうちに、最初は風花《かざはな》のようだった雪はどんどん強くなり、あっという間に半円形に切り取られた空を白くぬりこめていった。

この冬、二度目の雪だった。

その白い世界に、ぼんやりとキンちゃんの姿《すがた》が浮《う》かんだ。

「キンちゃん！」

あたしはかくれていたのも忘《わす》れて、ネコといっしょに、もつれるようにトンネルをとび出していた。

あとがき

——とくべつなときを生きていた。

いまならはっきりと、それがわかります。

無理して覚えなくてもすぐに口をついて出た歌の歌詞《かし》。海に沈《しず》む夕陽《ゆうひ》を見るだけで涙《なみだ》ぐんでしまうやわらかな感受性《かんじゅせい》。自分をとりまく社会やおとなにむける鋭《するど》いまなざし。夏休みだけで七センチも伸《の》びてしまった身長。心はいつもゆえなき自信と劣等感《れっとうかん》との間で、ふりこのようにゆれ動いていました。そうです。中学時代って過剰《かじょう》なんです。脳《のう》のはたらきも、感受性も、体の成長も、自意識《じいしき》も、なにもかも。

遊《ゆう》とキンちゃんとの物語を書いている間中ずっと、わたしはそんな中学時代の自分を抱《だ》きしめていました。

日常《にちじょう》はいつだって、わたしをイラつかせたし、努力しなきゃいけないのは頭ではわかっていても、そうできない自分にガッカリしてもいました（その反動か、母によくやつあたりをしていました。今さらすぎますが、ゴメンナサイ）。それでも、泣いたり笑ったり、毎日がめまぐるしかったあの日々のすべてが、今はいとおしくてたまりません。

残念ながら当時のわたしは、遊のように一歩を前にふみ出す勇気も気概《きがい》もなくて、ただうじうじと不平不満を募《つの》らすだけのなさけない中学生でしたが、物語を書いている間は、ふたたびあの「とくべつなとき」を生き直せている気がして、ほんとうに楽しかったです！

もちろんタイムラグはあります。しかも、たっぷりと。ですが、どの時代に生まれ、どの時代を生きても、しんどさはつきまといます。それでも、「とくべつなとき」を生きる中学生だからこその突破口《とっぱこう》は必ずどこかにあるはず。そう信じて、ときに迷走《めいそう》もしながら、遊たちと探《さが》し続けていた気がします。

越《こ》えられない高い壁《かべ》は　ぶつかってぶっ壊《こわ》して
前に進んでけばいいさ　ｏｈ　ｏｈ　ｏｈ　ｏｈ

何度ファンキーモンキーベイビーズの歌声に背中《せなか》を押《お》してもらったことでしょう（好きなんです。年甲斐《としがい》もなく）。

ようやく書き終えた今、思うのは、

――ささえられてたのは、逆《ぎゃく》にわたしのほう？

ということです。だってこんなに力がぬけてしまっています。きっといっぱいのエネルギーを遊《ゆう》やキンちゃんからチャージしてもらっていたのでしょう。

今を生きるリアル中学生のみなさんが、遊とキンちゃんのこの物語を楽しんでくださることを心から願いつつ、あとがきとさせていただきます。

最後になりましたが、こころよく取材に応《おう》じてくださった倉敷《くらしき》市立東中学校サッカー部のみなさん、お世話になりました。ありがとうございました。みんな、カッコよかったよ。

それから、いつも冷静かつ適切《てきせつ》なアドバイスでわたしを牽引《けんいん》してくださったポプラ社編集部《へんしゅうぶ》の井出香代さんに、心からの感謝《かんしゃ》を申し上げたいと思います。ありがとうございました。

八束澄子《やつかすみこ》

八束澄子 やつかすみこ

広島県因島生まれ。『青春航路ふぇにっくす丸』(文溪堂)で日本児童文学者協会賞、『わたしの、好きな人』(講談社)で野間児童文芸賞受賞。そのほかの作品に、『明日につづくリズム』『オレたちの明日に向かって』(ともにポプラ社)、『空へのぼる』『いのちのパレード』(ともに講談社)など多数。ノンフィクションの作品に『ちいさなちいさなベビー服』(新日本出版社)などがある。日本児童文学者協会会員。「季節風」「松ぼっくり」同人。

JASRAC　出1700476-905

teens' best selections 44

明日のひこうき雲

2017年4月　第1刷
2019年2月　第5刷

著者　八束澄子
発行者　長谷川 均
編集　井出香代
発行所　株式会社ポプラ社
〒102-8519　東京都千代田区麹町4-2-6　8・9F
電話　(編集)03-5877-8108　(営業)03-5877-8109
ホームページ　www.poplar.co.jp
印刷　中央精版印刷株式会社
製本　株式会社ブックアート

ISBN978-4-591-15429-8　N.D.C.913　286p　20cm

P8001044

teens' best selections

十代のときに出会いたい本

さくらいろの季節　蒼沼洋人

十二歳、教室は、ときに戦場になる。痛くて切れそうで、ヒリヒリで、意味不明。でも―――これがいまの、そのままの、わたしたちだ。少女たちの心のゆらめきを丁寧に描く。第4回ポプラズッコケ文学新人賞大賞作品。

いとの森の家　東 直子

都会から田舎へ引っ越してきた加奈子は、自然の恵みに満ちた暮らしの中で、命の重みや死について、生きることについて考えはじめる――。忘れがたい、子どもの日の楽園を瑞々しく描く。第31回坪田譲治文学賞受賞作。

私のスポットライト　林 真理子

顔も成績も、地味でフツーな13歳の平田彩希。演劇に興味をもって児童劇団に入ったら、クラスの子たちに「カンチガイ」してると言われて――。夢を見つけて成長する、中学生の少女を描いた瑞々しい成長物語。

あたしの、ボケのお姫様。　令丈ヒロ子

お笑い芸人志望、相方募集中の中学2年生まどかの前に、天然ボケの天才みたいなコが現れた。そこにいるだけでおもしろくって、ピッカピカに光ってる、あたしのお姫様。明るくて力強い、元気がでる物語。

きみのためにはだれも泣かない　梨屋アリエ

あたしたちは、どうしてだれかを好きになるんだろう?　涙のあとに心があたたかくなる、大切な仲間との日々。高校生7人+中学生3人、それぞれの真剣な想いに共感する青春ストーリー!